AF392938

CRISTIANO LOPES

REFORMA ÍNTIMA

EA
Edição do Autor

Produção editorial | Edição do Autor

Dados Internacionais de Catalogação de Publicação (CIP)

LOPES, Cristiano. Reforma íntima / Cristiano Lopes — Rio de Janeiro: Edição do Autor, 2019.

ISBN: 978-85-924642-5-7

1ª Edição: Fevereiro de 2019

Contatos com o autor
Celular: (21) 9587-9574
E-mail: cristianolopes.escritor@gmail.com
Instagram: @cristianolopes.escritor

APRESENTAÇÃO

REFORMA ÍNTIMA, que apresento a vocês, é fruto das vivências, reflexões e da criatividade de um trabalhador, o técnico de enfermagem Cristiano Lopes, em momentos de ociosidade após o término da jornada de trabalho longe da família naqueles momentos em que a cabeça se recusa a ficar quieta. E, assim, as ideias surgem e as histórias vão sendo escritas. Escritas à moda antiga: lápis e papel na mão! Este livro foi escrito com palavras desenhadas com lápis e caneta em um caderno. É fruto de experiências vividas pelo autor ou presenciadas ao seu redor. São momentos ricos e únicos que marcaram sua memória e outros que marcaram a vida dos que o rodeiam.

Sempre gostei de ler e, por conta do meu fazer profissional, leio muito. Sou professora. E nessa condição, Cristiano escolheu-me para ser a primeira leitora depois da esposa. Gostei muito do texto!

Em REFORMA ÍNTIMA, uma viagem é o tema e o ponto de partida. Uma viagem ao interior do personagem principal. Trata da busca incessante que todos nós fazemos para alcançar a paz interior, a felicidade. É uma história recheada de amor, mistérios que vão sendo desvendados e reconciliações.

Com uma linguagem simples e precisa o autor leva o leitor para uma viagem carregada de emoções. A história vai sendo construída com idas ao passado e vindas ao presente a partir de encontros inusitados e lembranças do personagem principal e das pessoas que compõem sua família. E mais não conto! Recomendo que você leia este livro também! Aproveite a leitura!

Tania Ecard
Professora universitária, Mestre em
Memória Social e Documento.

PREFÁCIO

Certo dia, no recreio da escola, avistei um anjo, lindo, com uma luz própria, jogando vôlei. Encantei-me e, a partir dali, todos os dias assistia aos jogos só para vê-lo. Até que, um dia, sem eu nem esperar, esse anjo entrou pela porta da minha casa, levado pelo meu pai, fomos apresentados e nos apaixonamos.

Foi um namoro rápido, que durou não mais que três meses e minha ilusão passou, porque vi que o anjo tinha muita personalidade e que não combinava comigo, que ainda era uma menina, cheia de coisas para viver e um mundo a descobrir.

Anos se passaram... e, em 2012, o Facebook ajudou-me num reencontro tão mágico quanto a primeira vez que o vi. Só que dessa vez a coisa ficou séria! Namoramos, noivamos, casamos e hoje temos uma linda família com dois filhos, um que já era meu e passou a ser nosso, e uma doce menininha que meu anjo me deu.

Esse anjo, o Cristiano, se mostrou uma pessoa criativa e iluminada. Animado, amigo, companheiro, paizão; certo dia ele, desempregado, conseguiu um trabalho numa plataforma, embarcado, onde ficaria por um mês longe de mim e foi aí que começou essa brincadeira de escrever.

Ele sempre me dizia que tinha o sonho de escrever um livro. Então, enquanto estava embarcado, me ligava chorando (porque ele é muito especial e emotivo) com saudade de casa, e foi aí que eu dei a ideia de ele aproveitar o tempo ocioso e escrever o tão sonhado livro.

Ele não acreditou que fosse capaz. Na verdade, nem eu imaginava, mas o livro nasceu em um mês e é essa história linda que você vai ler. Uma inspiração que veio de dentro de um coração sofrido, receoso, preocupado, mas muito iluminado e habitado por seres de luz que, com certeza, iluminam minha vida e da nossa família.

É com muito amor que escrevo essas palavras e agradeço a Deus pela oportunidade de estar aqui participando desse momento, que é o primeiro de muitos que virão, com toda certeza.

Cris Magalhães
Administradora, atriz e esposa do autor.

INTRODUÇÃO

Uma situação engraçada, pois quando finalmente consegui recursos para publicar o meu
livro e fui procurar um editor, começamos a

conversar sobre o lançamento e ele me perguntou como seria a minha introdução? Ele já tinha lido o livro e percebeu de cara que eu não tinha feito.

Na hora eu levei o maior susto, com toda a certeza já tinha lido algumas introduções, mas sinceramente eu não havia pensado como seria a minha.

Fiquei por alguns dias refletindo sobre o que escrever, principalmente sobre uma coisa tão importante: "o meu livro". Pensei, pensei, e pensei e não cheguei a lugar algum.

Percebi que teria que ser alguma coisa bem simples, alguma coisa bem comum, afinal eu sou uma pessoa comum que escreveu um livro comum.

Primeiro, quero agradecer a você que está lendo este livro, muito obrigado por fazer parte disso comigo. Sinceramente eu não sei se você vai gostar, mas foi feito com muito carinho.

Você não imagina o esforço que foi escrever e lançar este livro. Ele se tornou um verdadeiro filho, uma porta aberta para a imaginação.

Eu resolvi pegar a palavra imaginação e dividir em duas partes.

Com toda a certeza você vai ler e pensar que está escrito errado ou coisa parecida.

Mas, do meu ponto de vista, com certeza a ima-ginação não tem limites. Quando o livre pensar, o livre imaginar fica preso, fica como um pássaro na gaiola que só canta porque não tem outra opção...

Ima – é o livre sentido de pensar. Pensar de uma forma criativa e livre, sem limitações, sem medo, e com o coração aberto para as e-moções.

Ginação – colocar as suas emoções em forma prática, através de palavras ou atitudes.

Eu sei que esta divisão de palavras não e-xiste, é um neologismo. Naturalmente você deve estar pensando que sou louco, ou o meu editor está louco de deixar esta palavra ser escrita assim.

Mas, reflita comigo: que graça teria se você estivesse lendo esta palavra da forma correta (imaginação)? Com certeza nenhuma.

A imaginação não pode ser privada, contida, não podemos usar os nossos pensamentos de uma forma padronizada, mecânica.

Eu escrevi este livro usando a minha livre imaginação, e gostaria que você o lesse assim também. Vamos juntos na minha loucura?

Eu estava trabalhando embarcado, e como não tinha praticamente nada para fazer após o trabalho, e obviamente não tinha para onde ir, a minha esposa sugeriu que eu escrevesse um livro, já que eu tinha uma imaginação sem fim...

E vivia contando piadas sem graças... e ela falava sempre que a minha imaginação era rica para piada sem graça.

E assim nasceu este livro. Foram 28 dias escrevendo, praticamente todos os dias. Este livro é um ato do livre pensar. Foi feito com a mais pura imaginação. São personagens de ficção que também são personagens da vida real.

Muito obrigado por ler este livro. É um presente saber que vou poder dividir as minhas emoções e as emoções dos meus personagens com você.

Quero agradecer profundamente à minha mentora Cristiane Franco, minha esposa querida e maravilhosa que acreditou na minha imaginação sem limites, à minha leitora-beta, Tania Ecard, que sem a sua ajuda, com toda a certeza, nada disso seria possível, e ao meu editor, Deivinson Bignon, pastor querido que fez um trabalho de edição maravilhoso.

Tenha uma ótima leitura!

REFORMA ÍNTIMA

Resolvi escrever algo diferente.

Tudo começou em um dia de inspiração. O sol já está a pino, como uma bela e linda bola de fogo.

Um fogo tão reluzente que ofuscava as vistas. De repente senti um calor tão intenso, mas tão intenso, que percebi que não vinha de fora, mas sim de dentro.

As minhas mãos começaram a suar. Eu suava tanto que descia pelos dedos e pingava feito torneira. O meu coração parecia uma escola de samba de tanto bater, subia um calor extremo pelo corpo que parecia que eu estava cozinhando por dentro. A princípio eu não consegui definir o que estava acontecendo comigo naquele momento. Eu estava no convés do meu veleiro em alto mar, e nunca tinha acontecido isso antes, não que eu lembrasse num primeiro momento.

Fiz alguns questionamentos rápidos a mim mesmo. Será que comi algo diferente no café da manhã? Será que bebi algo de que não me lembrava, para causar essa reação extrema em meu corpo? Será que já estava há muito tempo no mar e tinha que voltar? Será que isso era algum tipo de alucinação devido ao clima quente dos polos?

Sinceramente, fiquei sem respostas naquele momento. Refleti e pensei: "Já sei, eu acabei de acordar, pode ser isso".

A sensação passou e eu voltei à minha rotina no barco.

Tomei café, coloquei as torradas para aquecer no forno e fui fazendo os meus ovos na frigideira. Dei mais um gole no café e peguei as torradas, os ovos e retornei para o convés do veleiro. Saboreei o café e as torradas com os ovos, sentindo a brisa do mar e o pequeno vento pela manhã. Como estava no verão e eu estava viajando sozinho há algum tempo, acabei criando este hábito, de levantar, observar o clima no convés e depois voltar para tomar o café.

Mas desta vez foi diferente. Algo tinha acontecido, principalmente no meu interior. Pensei nisso rapidamente e não liguei. Voltei às minhas rotinas no veleiro. Toda manhã eu via a previsão do tempo, fazia uma verificação no rádio, via óleo, tubulação, velas e motor. Isso me fazia ocupar o meu dia e minha viagem ficava mais agradável.

Pelas minhas previsões, mais uma semana e chegaria ao meu destino. Eu fiz essa viagem para passar o Natal na casa da minha irmã Rebeca, que não via há alguns anos.

Nós estávamos morando em países diferentes, e por isso resolvi fazer esta viagem no meu veleiro.

Como praticamente eu já tinha rodado o mundo com ele, resolvi fazer isso sozinho e passar o Natal e o Ano Novo com ela.

A minha irmã era casada, tinha dois filhos. Ela foi morar na Argentina com 25 anos, ela e o seu marido, logo depois vieram os filhos. Hoje um está com 13 e outra com 10 anos.

O Yuri, de 13 anos, é muito inteligente e esperto, talentoso. Eu me lembro muito bem de como ele gostava de jogar futebol. Tinha a Larissa, de 10 anos, meiga, tranquila e muito inteligente.

Eles nasceram na Argentina e eu nunca fui lá, só os conhecia por fotos mandadas por e-mail ou rede social.

Eu me programei para chegar no Natal, saí com bastante antecedência do Brasil, no início de dezembro.

Fiz um estudo sério sobre as correntes e os ventos, para realizar esta missão. Abasteci o veleiro, fiz as contas dos dias e das marés, e lógico, da grana.

No dia 20 de dezembro eu tive esta sensação de calor e suor ao mesmo tempo. Achei isso muito estranho no dia, mas segui a minha rotina. Como tinha vento, resolvi hastear as velas e continuar o caminho para a Argentina velejando ao vento.

Desenrolei as velas e puxei os cabos, engatei as manivelas e comecei a puxar as velas para cima e partir em viagem rumo ao meu destino.

Ao final de mais um dia coloquei o veleiro ancorado e fui dormir. No meio da noite tive mais uma sensação como aquela, acordei molhado e pingando de suor, percebi que molhei a cama toda. Só que desta vez foi mais intenso, o calor do meu corpo era sufocante. Quase perdi o ar de tanto calor que sentia. Fiquei realmente assustado com tudo aquilo.

Eu estava no meio do nada, a vários quilômetros da costa, achei até que estava tendo um treco do coração. O meu coração batia descompassado, totalmente diferente. Que coisa estranha, eu pensei na hora.

Antes de sair para o mar fiz um check-up geral, fiz todos os exames, falei com meu médico e ele me autorizou a viajar, me deixou bem tranquilo.

Eu me perguntei: "O que é isso agora? Que coisa estranha que está acontecendo? Isso tudo logo no meio da viagem que programei de surpresa para minha irmã?".

Saí da cabine, peguei um ar na proa do veleiro, bebi um copo de água, olhei as horas e vi que eram exatamente 3h59 da manhã. Voltei para a cama e com muito custo dormi. Antes de pegar no sono, pensei em tudo aquilo que tinha acontecido, em todos os sintomas estranhos, coisas que nunca tinham acontecido. Ligeiramente eu pensei em Deus.

Sinceramente eu nunca fui muito de falar de Deus ou com Deus. Nunca me senti muito próximo Dele. Às vezes até pensava que Deus não existia. Eu nunca tive um ponto de vista definido sobre este ou aquele Deus, que todas as pessoas falavam.

Eu tive uma infância bem difícil, meu pai morreu quando eu tinha cinco anos, e minha mãe lutou muito para me educar e criar. Ela não tinha profissão definida, mas tinha muita dignidade e coragem e determinação, uma coisa que ela sempre me exigia eram os meus estudos.

Eu me lembro que quando era bem novinho ouvia a minha mãe chorando sem nada para comer. Ela sempre reclamava com Deus. "Por que eu não tenho o que comer? Por que não consigo educar meu filho com dignidade? Por que Deus? Por que Deus?". E ela chorava compulsivamente, em silêncio, só escutava seu soluçar no canto do pequeno quarto.

Os dias passavam e eu não entendia o porquê de tanto sofrimento na vida da minha mãe.

Ela lutava muito para me educar, fazia faxina, catava latinha, lavava carros, fazia serviços até de ajudante de pedreiro. Eu sempre via a luta da minha mãe e ao mesmo tempo a nossa miséria. A minha irmã era pequena e não entendia muito bem aquelas coisas, mas para mim, que já era um pouco maior era mais fácil entender.

Eu me lembro que uma vez falei para minha mãe que eu ia trabalhar para ajudar. Nesta época eu já tinha uns 13 anos. Ela me pegou pelo braço, me colocou no pequeno sofá de um braço só e falou:

— Meu filho, enquanto eu estiver viva e com saúde você não trabalha para me ajudar. Eu tenho certeza de que você vai chegar longe, mas não vai ser com trabalho braçal, vai ser com a sua inteligência e cultura. Porque a cultura é uma coisa que ninguém tira, com certeza, ela vai te levar longe.

Depois que minha mãe falou isso, eu nunca mais falei que iria trabalhar para ajudar em casa ou a ela com dinheiro.

Pelo contrário, resolvi estudar e ler bastante para ajudar a mim e à minha família de uma forma geral.

O tempo foi passando, eu crescendo e estudando. A minha mãe continuava se matando para trabalhar e me manter na escola.

Eu sempre questionava todo mundo quando falavam alguma coisa para mim sobre

Deus. Uma vez, na sala de aula, a professora falou assim:

— Olha crianças, como o dia está lindo lá fora! Graças a Deus! Vocês não acham? Ai eu falei:

— Graças a Deus não, graças ao jardineiro que cuida muito bem das plantas. Por acaso é Deus que enrola e desenrola as mangueiras para molhar as plantas? Por acaso é Deus quem aduba as raízes das plantas duas vezes por semana? Por acaso é Deus quem tira as ervas daninhas que brotam em torno das rosas e quase mata as rosas e as outras flores?

A professora ficou sem graça e não falou mais nada naquele dia, mas eu percebi que, daquele dia em diante, ela passou a me olhar de uma forma diferente.

A aula terminou e eu e minha irmã fomos para casa. Como minha mãe não tinha dinheiro para passagem, nós sempre íamos e voltávamos a pé da escola. A minha mãe não tinha dinheiro para quase nada, o que ela ganhava mal dava para nos alimentar. Ainda mais andar de ônibus, isso era um verdadeiro luxo para nós.

Ainda bem que meu avô Daniel, quando morreu, deixou um pequeno terreno para ela e, antes do meu pai morrer, conseguiu construir uma casa, que era muito humilde, por sinal. Nossa casa só tinha um quarto, sala, cozinha e um pequeno banheiro, mas tinha um bom quintal nos fundos. Eu a minha irmã brincávamos bastante por lá.

Nós estudávamos em um colégio Municipal, no mesmo bairro em que morávamos. A minha mãe nos deixava na escola pela manhã e ia trabalhar. Ela fazia faxina pela manhã e catava latinha à tarde, às vezes trabalhava em festa lavando copos e talheres.

Minha mãe era uma pessoa muito simples e bem educada, ela fazia amizade com todo mundo, com o seu jeito humilde ela conquistava todo mundo. No prédio em que ela trabalhava três vezes por semana fazendo faxina, tinha um porteiro muito legal chamado senhor Alfredo. Às vezes, ele guardava latinha para minha mãe e minha mãe chegava em casa falando dele com muita afeição. Eu achava muito legal o carinho com que ele tratava minha mãe. Também gostava do jeito que minha mãe falava dele. No fundo, até achava que eles poderiam dar certo, até porque minha mãe ainda era muito nova para estar sozinha. Meu pai morreu há muito tempo e minha mãe só vivia para a gente, para a casa e para o trabalho. Com certeza, ela tinha direito de ser feliz novamente.

Minha mãe na luta de todos os dias e eu e minha irmã crescendo. Eu já tinha 18 anos e a minha irmã 15 anos. Terminei o 1º grau (hoje, ensino fundamental) e logo em seguida iniciei o 2º grau (hoje, ensino médio) em uma escola um pouco melhor. Esta escola tinha cursos profissionalizantes. Eu me interessei por alguns. Tinha curso de carpinteiro, eletricista, soldador naval, técnico em eletrônica e técnico de enfermagem.

Comecei fazendo um curso de soldador naval, porque quando eu era mais novo ganhei um barco todo quebrado, que o Senhor Alfredo mandou por minha mãe junto com as latinhas que ele dava para ela vender. Minha mãe toda triste me deu o barco, com vários pedaços faltando e falou assim:

— Poxa meu filho, infelizmente o senhor Alfredo colocou o barco por baixo das latinhas e o barco quebrou todo. Me desculpe, meu filho.

Eu falei para ela não se preocupar porque um dia iria consertar tudo direitinho. Demorou um pouco, mas eu consegui consertar tudo e ficou perfeito e, por sinal, ficou bem melhor do que era. Este foi um dos meus primeiros desafios.

Quando eu vi este curso, lembrei logo do barquinho que consertei. Iniciei o curso de soldador naval e eletrônica naval, mas conforme ia concluindo o curso, eu fui vendo alguns alunos da turma ao lado, fazendo o curso de técnico em enfermagem e eles chegavam de branco, saiam limpinhos e eu todo sujo durante a aula. Isso me dava um pouco de vergonha, mas eu ia levando. E concluí o curso na área naval e logo resolvi fazer outro curso, o de técnico de enfermagem.

A minha mãe ficou toda orgulhosa, só que tinha um grande detalhe, o curso era de graça, mas eu tinha que usar roupa branca e minha mãe não tinha dinheiro nem para passagem, imagina se ia ter dinheiro para comprar roupa branca, calça, jaleco, tênis, etc.

Começou outro desafio, como vou conseguir as roupas e os outros objetos? Minha mãe me proibiu de trabalhar, até porque, se eu trabalhasse, quem ia tomar conta da minha irmã no colégio? E outra coisa, como eu ia terminar o curso?

Pensei, pensei, pensei e tive uma ideia. Conversei com o professor se eu poderia usar a oficina para fazer alguns modelos de barcos para vender. O professor era muito legal e falou que sim, mas me perguntou por que queria fazer os barcos. Eu fiquei sem graça, mas respondi.

– Eu estou fazendo um curso de técnico em enfermagem, mas não tenho dinheiro para o uniforme branco. Como eu já havia refeito o pequeno veleiro antes, pensei em fazer os barcos para vender e ajudar a minha mãe a comprar as roupas, e se o senhor deixar, posso fazer os barcos com a sucata do curso no final do dia.

O professor, muito inteligente, me questionou:

– Mas você tem experiência em montar barcos de brinquedo?

Eu, muito astuto e ligeiro, falei:

– Claro, professor! Uma vez o senhor Alfredo mandou um pequeno veleiro para mim, por minha mãe, só que infelizmente ele colocou embaixo das latinhas que separava para minha mãe vender e amassou e quebrou tudo. Eu montei ele sozinho novamente. Que, por sinal, ficou até melhor que o original.

O professor deu um sorriso, se calou e suspirou. Quando eu achei que já estava dando certo, ele falou:

— Mas você só vai fazer isso na próxima semana.

Eu falei:

— Mas, professor... Ele me cortou e disse:

— Não se preocupe, já sei. Fica tranquilo, vai dar tudo certo no final.

Eu falei de ressalto:

— Professor, se for só na semana que vem eu não vou poder entrar no curso de enfermagem, que começa essa semana. Eu tenho que vender os barcos para comprar as roupas brancas.

O professor, muito esperto falou:

— Pode deixar que eu falo com dona Catarina e ela libera o curso esta semana para você entrar sem as roupas brancas.

Eu dei um pulo no pescoço do professor, de alegria. Mesmo assim, fiquei pensando... Porque o professor só vai liberar a oficina na próxima semana?

Na próxima segunda-feira, ele veio e me chamou na sala de enfermagem, tapou meus olhos até chegar à oficina. Quando cheguei, vi o que ele tinha feito. Ele fez vários desenhos de modelos de barcos e outros modelos de veleiros para eu montar com a sucata. Ele detalhou tudo para mim, fez vários projetos com cálculos, esboços, cartilhas, fotos tudo bem fácil, só para eu montar e soldar algumas peças. Não tive como evitar as lágrimas. Ele viu a minha felicidade e se emocionou também. De repente, ele me deu um grande abraço, coisa que eu não recebia desde os meus cinco anos, que foi mais ou menos quando meu pai morreu. Logo em seguida, ele me colocou na cadeira, parou bem na minha frente, olhou bem nos meus olhos e disse:

— No último ano você não faltou a nenhuma aula do meu curso, tirou excelente notas, se dedicou, foi um dos melhores alunos. Eu sei da sua dificuldade de ir e voltar da escola a pé com sua irmã. Sei da sua dificuldade com sua mãe para educar vocês e você nunca se aproveitou disso para eu cobrar menos de você no curso. O que você fez por mim no último ano de curso foi muito maior do que eu estou fazendo por você agora.

Ele acabou de se abrir para mim? Muito estranho!

— Às vezes eu estava doente, sem vontade de ir ao curso dar aula e lembrava de você, que com certeza já estava a caminho do meu curso, com sua irmã, e caminhando a pé. Isso me dava força e coragem para levantar e ir ao colégio. Por várias vezes eu tive problemas particulares, e durante a aula olhava para você e percebia a sua vontade de aprender. Isso me energizava, dava ânimo todos os dias.

Imagine só! Eu, um garoto pobre, humilde, que não tinha dom algum, escutando isso tudo de um professor de mais ou menos uns 50 anos de idade. E ele terminou dizendo:

— Você não vai achando que eu estou fazendo isso porque não vou te cobrar. Vou cobrar sim, e vou cobrar muito.

E falou ainda mais.

— Eu ensinei você a pescar, mas não coloquei a vara ou o peixe na sua mão. Isso você vai ter que aprender sozinho.

Eu já estava chorando horrores, rapidamente respirei fundo e respondi:

— Com certeza, professor, e não vou decepcioná-lo.

Logo ele me respondeu com uma piada:

— Até porque eu vou comprar o seu primeiro barco.

No final da tarde, voltei para casa praticamente arrastando minha irmã pelos braços, e ainda ia falando...

— Vamos logo, tenho que contar tudo para mamãe. Vamos! Vamos! Vamos!

Eu ia arrastando ela pelo braço rua afora, até que chegamos em casa. Entrei gritando...

— Mamãe, mamãe, mamãe...

Achei estranho, porque ela sempre me responde logo.

Procurei por ela, junto com a minha irmã e a encontramos no quarto, deitada. Cheguei perto dela e logo ela abriu os olhos e brincou comigo:

— Por que estava gritando tanto? Eu não sou surda.

Eu, minha irmã e ela demos umas boas gargalhadas.

Eu arrastei minha mãe da cama. Achei estranho porque normalmente ela levanta logo ou estava na cozinha, nos esperando para comer, mas como ela demorou, mas levantou, eu não liguei.

Mamãe, venha, quero te contar umas coisas que aconteceram hoje. Ela me respondeu com uma pequena tosse, perguntando o que houve?

— Mãe, vou conseguir o dinheiro para comprar as roupas brancas.

— Como, meu filho?

— Você lembra aquela vez que o senhor Alfredo me mandou aquele barco todo quebrado e eu sozinho consegui remontar?

— Sim, lembro, meu filho.

— Então, como eu já tinha conseguido terminar o curso na área naval e tive essa experiência, eu conversei com o professor e ele deixou usar a oficina e a sucata para fazer os modelos de barco para vender.

Minha mãe me abraçou, com os olhos cheios de lágrimas e falou:

— Viu, eu tinha certeza que você seria muito inteligente. Você e sua irmã são os meus maiores orgulhos. — Finalizou a frase novamente com uma pequena tosse.

— Mas você não sabe de outra coisa?

— O que, meu filho?

— Ele deu estas revistas, estas plantas, estes esboços, para facilitar a minha vida na linha de montagem dos barcos e dos veleiros, e ainda cortou vários pedaços de sucata para facilitar o trabalho da oficina.

— Que professor abençoado, meu filho! Deve ser um ótimo ser humano, com certeza muito iluminado.

— É verdade, mamãe. Resolvi não contar a outra história que ele me contou, pois ela poderia ficar com vergonha. Por que, como ele mesmo disse, ele conhecia a minha vida e a vida de minha mãe.

Na semana seguinte, comecei a linha de produção para montar os barcos e os veleiros e tentar vender.

Afinal, foi o combinado com a professora do curso, que só me liberaria uma semana de aula.

Eu peguei o primeiro desenho que o professor fez e deixou para mim, e comecei a montar.

Só que, infelizmente, ou felizmente, o barco era bem difícil de se fazer, e demorou mais tempo do que eu esperava. Levei uns quinze dias para fazer, mas ficou lindo. Tinha velas, motor, lemes, e fiz uma boa pintura. Ficou realmente lindo!

Logo que acabei o meu primeiro veleiro, fui à sala do professor para mostrar a ele. Ele ficou impressionado com tudo, com os detalhes, a pintura, tudo mesmo. Eu brinquei com ele...

— E aí, professor, o senhor acha que dá para eu vender o barco? Ele me respondeu logo:

— Claro! Só que este é meu, eu vou comprar de você o primeiro, afinal não é este o nosso combinado?

Eu dei um sorriso de canto de boca e acenei com a cabeça, falando que sim.

Aí ele me perguntou quanto eu achava que custava. Eu respondi, sem graça.

— Sinceramente, professor, eu não sei, mas este deu um trabalhão para fazer. Ele me respondeu:

— É isso aí, você tem que valorizar o seu trabalho. Se você não fizer isso, ninguém faz por você.

Naquele momento eu dei uma ligeira pensada no valor do barco, porque tinha que ser algo que desse para comprar as roupas do curso. Ele colocou a mão no queixo, pensou e falou:

— Vamos fazer o seguinte, neste primeiro barco quem vai dar o valor estimado sou eu, e nos outros será você. Combinado?

Sinceramente, eu fiquei com medo, mas não falei nada, só pensei rapidamente com meus botões... "Se ele der um valor muito baixo eu vou ficar sem graça de responder e vou acabar aceitando", mas respirei fundo e deixei ele falar o valor.

Vou dar a você Mil Reais pelo barco, mas não só pelo barco, e sim por você ter coragem e disposição, e por se esforçar tanto para cuidar de você, de sua irmã e de sua mãe.

— Caramba, professor, muito obrigado!

Saí gritando igual a um maluco pelo colégio.

— Muito obrigado! Muito obrigado!

E o professor atrás de mim, me chamando.

— Garoto, pare de gritar! Você está louco. Pare de gritar!

Eu voltei, dei mais um grande abraço no professor, peguei o dinheiro e saí correndo pelo corredor do colégio. Quando saí, dei de cara com a coordenadora do curso, pulei no pescoço dela e dei um grande beijo no seu rosto. Com certeza ela não entendeu nada, mas ficou rindo sozinha, pela minha atitude.

Fui correndo para casa contar para minha mãe tudo o que tinha acontecido. Quando cheguei na metade do caminho, lembrei da minha irmã e voltei correndo. Novamente encontrei o professor no corredor e ele falou:

— Calma, garoto! Assim você vai atropelar alguém no corredor da escola. Pode ser uma criança pequena.

Respondi:

— Tudo bem, professor, realmente eu tenho que esperar o horário de saída da minha irmã e, assim, podemos contar juntos tudo isso para minha mãe.

O professor ressaltou:

— Até porque eu ainda não te dei o dinheiro.

Caímos na gargalhada juntos e esperamos o horário de saída da minha irmã, e desta vez eu saí com o dinheiro e com a minha irmã a caminho de casa.

Cheguei em casa todo bobo, novamente já entrei gritando por minha mãe.

— Mamãe, mamãe...

Minha irmã foi para um lado e eu para o outro, encontramos ela na cama, dormindo um sono tão pesado que estranhamos. Gelei dos pés à cabeça. Em um momento fiquei congelado, estatelado de preocupação. Será que minha mãe tinha morrido?

Gritei ressonante:

— Mãe! Mãe!

Ela deu um pulo da cama de susto, falando:

— O que foi, garoto? Por que está gritando desse jeito?

— Tenho várias novidades!

Saí mostrando o bolo de dinheiro a ela. Quando ela viu, me perguntou logo:

— Você não fez besteira não, né?

— Claro que não, mãe! Eu vendi meu primeiro veleiro para o professor e ele me pagou. Agora dá para comprar as roupas do curso e ainda vai sobrar para te ajudar.

Minha mãe, toda orgulhosa de mim, repetiu novamente as frases:

— Vocês são o meu orgulho! São os filhos abençoados da minha vida.

Comprei calças, camisas, jalecos, tênis, tudo branco para o curso de enfermagem. Fiquei todo metido de branco. Eu me lembro de uma vez que eu e minha irmã estávamos chegando em casa e minha mãe nos viu de longe. Ela observava da janela, quando cheguei mais perto, reparei que minha mãe estava chorando. Perguntei o que tinha acontecido e ela, com um grande sorriso no rosto e várias lágrimas rolando, me disse:

— Como você fica bonito de branco! Parece um doutor!

Eu ri e falei com ela que um dia, com certeza, vou ser um doutor diferente, mas vou ser um doutor sorriso, quero fazer as pessoas felizes.

Minha mãe respondeu sabiamente:

— Você já é a minha alegria, você já me faz rir todos os dias.

E realmente fazia. Vira e mexe eu dava uns sustos nela, ou na minha irmã. Passava correndo pela sala enrolado no lençol, às vezes tropeçava de brincadeira na sala e fazia de conta que caía. Todas as vezes elas riam muito de mim.

Às vezes eu pegava minha mãe com fortes tosses, eu sempre falava com ela:

— Mãe, por favor, vai ao médico. Essa tosse está muito estranha.

Mas ela teimava em dizer:

— Médico? Para que médico? Os médicos não conseguiram salvar seu pai.

— Pelo amor de Deus, mãe, vai ao médico.

— Pelo amor de Deus, por quê? Ele também não salvou seu pai.

Desse dia em diante eu comecei a duvidar da existência de Deus. Minha mãe sempre reclamava dele, "Deus", e eu aprendi a fazer isso também.

Os anos iam passando e eu quase terminando o curso de enfermagem, e continuava fazendo os modelos de barco para vender.

Acabei aprendendo como fazer belos barcos e veleiros com o professor. Ele comprou o primeiro modelo de todos, mas continuava me ensinando muito. Ele realmente era um cara muito legal. Eu já sabia fazer e vender os barcos/veleiros. Já estava ganhando algum dinheiro, já tinha roupa suficiente para terminar o curso de enfermagem.

Terminamos o terceiro semestre do curso e entramos de férias por uns 15 dias. Resolvi pedir ao professor para juntar toda a sucata que tinha na oficina, pois como ia entrar de férias, eu tentaria montar os barcos no fundo de casa, em uma pequena oficina que consegui montar no quartinho, no quintal de minha casa. Ele concordou e me deu as sucatas e os equipamentos, eu fiquei todo feliz e agradeci com um grande sorriso, dei um belo pulo no seu pescoço e um abraço bem longo.

Cheguei em casa com minha irmã e falei com minha mãe das nossas férias e da minha ideia. Ela adorou!

De repente, ela saiu correndo com tosse novamente e foi para o banheiro, deu umas tossidas e cuspiu sangue dentro da pia. Quando vi aquilo, percebi logo que poderia ser algo sério. Como eu já estava fazendo o curso há algum tempo, já tinha uma noção das coisas. Ressaltei com ela:

– Mãe, por favor, vai procurar um médico. Isso está muito estranho, você já está com essa tosse faz tempo, o posto de saúde é aqui na esquina, e para piorar, você continua catando latinha, revirando lixo. Você pode pegar uma infecção séria pelo ar ou de alguma outra forma.

Ela não ligou para mim, e ainda resmungou.

– É garoto, você acha que sabe de tudo, só porque está fazendo o curso de enfermagem.

Calei-me e não falei mais nada a respeito.

Combinei com o professor se ele poderia levar as coisas para mim, afinal eu não tinha carro. Ele na hora falou que sim.

– Pode deixar, eu levo hoje à noite mesmo, no final da aula.

Dito e feito, mais ou menos às 18h ele levou os equipamentos na minha casa. Eu já tinha arrumado o quartinho para colocar tudo. Tinha conseguido até fazer uma pequena bancada de trabalho.

Arrumamos tudo no quartinho e minha mãe ficou só olhando de longe, toda orgulhosa. Eu estava me sentindo um bobo com a visita do professor na minha casa, mostrei a ele o primeiro barco que consegui fazer e montar sozinho, o presente do senhor Alfredo, o porteiro do prédio que minha mãe trabalhava de faxineira. Ele olhou e achou muito legal eu ter conseguido fazer tudo sozinho, mas me indagou:

— Garoto, você realmente fez tudo isso sozinho? Esse veleiro tem muitos detalhes.

Quando eu ia responder, minha mãe entrou na conversa.

— Ô Professor, o senhor não está acreditando no meu filho? — Indagou em tom sério e firme! Como se estivesse defendendo uma ninhada.

O professor, sem graça, respondeu:

— É claro que acredito nele! Eu sei que ele vai chegar bem longe. Ele é muito inteligente e esperto, e muito esforçado.

Eu senti que a minha mãe respirou fundo, se sentindo aliviada e automaticamente massageando o seu ego. O professor sem querer pegou o ponto fraco da minha mãe, os seus filhos.

Novamente ele se sentiu mais à vontade e perguntou pelo barco, que já estava de volta na estante.

— E este Jack, você não vai vender?

Respondi rapidamente:

— Não, professor! Este não tem preço. Este é o meu troféu, foi um grande desafio para mim e por este desafio que resolvi fazer o curso na área naval, e agora estou fazendo o curso de enfermagem. Os desafios são algo importante na minha vida desde a infância.

— Entendi. — respondeu o professor.

Minha mãe interrompeu o assunto falando:

— Vamos comer um bolo de fubá com café antes de vocês começarem a trabalhar na oficina.

O professor não sabia onde enfiar a cara de tanta vergonha. Sem graça ele aceitou o café com bolo.

Tomamos o café e comemos o bolo, e fomos para o pequeno quarto, nos fundos da casa. Levamos tudo para lá e tentamos ajeitar da melhor forma possível.

Tinha várias coisas legais que ele trouxe para eu trabalhar durante estes 15 dias de férias.

Tinha torno, maçarico, ferramenta elétrica, pincel, tinta. Ele praticamente desmontou a oficina do curso e levou para minha casa. Terminamos de montar tudo bem tarde. Como no outro dia não tínhamos nada para fazer, decidimos terminar tudo. Finalmente ficou pronto. Ele logo se despediu falando:

— Eu quero ver quantos barcos/veleiros você vai fazer durante essas férias.

— Com certeza serão vários, professor. O senhor vai ver.

Ele riu e foi embora.

Logo cedo, no outro dia, lá estava eu na oficina pensando e estudando o meu novo projeto. Estava pensando e desenhando e tentando decidir, quando de repente minha mãe entrou na oficina levando um copo de suco com biscoitos, e me perguntou:

— E aí, meu filho! Por onde você vai começar?

— Não sei ainda, mãe. Estou vendo algumas plantas de desenhos que o professor deixou para mim.

Ela me olhou e falou:

— Já que você gosta tanto de desafios, porque não faz um barco/veleiro grande? Um barco daqueles que vemos na televisão, tipo veleiros que rodam o mundo velejando.

Eu olhei para minha mãe com cara de espanto, não acreditei no que ela falou.

— Mãe, você está falando sério?

— Claro, meu filho. Por que não? Você é esperto, inteligente, esforçado, além de tudo tem muito talento para essas coisas. E outra coisa, você não vive falando que adora desafios? Então, mãos à obra!

Eu olhei para ela com espanto. Realmente ela estava falando sério. Respirei fundo e pensei. Por que não? Eu sei que consigo, mas tinha outra coisa, os equipamentos só estavam emprestados comigo, e com certeza eu sozinho não ia conseguir fazer em 15 dias de férias.

Realmente é um grande desafio para mim sozinho. Eu passei uns 10 dias tentando fazer o barco sozinho, faltavam 5 dias para acabar as férias, eu consegui fazer várias coisas, mas percebi que teria que montar o veleiro do lado de fora, no quintal de casa, para ser exato.

Resolvi fazer o veleiro grande, mas ao mesmo tempo, fui fazendo os pequenos. Como eu já tinha certa prática com os menores, fiz alguns durante as férias e parei o projeto do grande até começarem as aulas.

Aí eu iria pedir ajuda ao professor para terminarmos juntos, mas não tinha certeza se ele aceitaria.

Os pequenos eu consegui vender, e levantei um bom dinheiro. Dei algum para minha mãe, e o restante guardei para comprar o meu maquinário, pois afinal o que estava na oficina não era meu.

Voltado às aulas, eu devolveria para o colégio e compraria os meus, e eu e o professor terminaríamos o projeto do barco grande. Como eu já tinha feito grande parte do casco do veleiro resolvi batizar com um nome. Eu vi na TV que todos os barcos têm nome, então resolvi chamá-lo de "Tania Marine". Fiz isso sem falar com minha mãe, é claro, faria essa surpresa para ela. Com certeza vai adorar!

Levei uns três dias bolando um logotipo legal para colocar no barco, com letras bacanas e vi na televisão.

Como a minha mãe finalmente resolveu ir ao médico, ela quase não ficava em casa. Então, esconder o logotipo do barco com o nome dela foi fácil.

Decidi as letras e o logotipo, e eu mesmo o pintei no costado do veleiro. Ficou bem legal! Chamei minha irmã para ver e ela adorou, e logo falou:

— A mamãe vai adorar também! Ficou ótimo estas letras tipo riscadas com o nome dela.

Quando minha mãe chegou em casa, eu a peguei pelas mãos, tampei os seus olhos e a levei para o quintal. Ela estranhou o meu comportamento, mas aceitou a brincadeira.

— Tá bom, tá bom... eu vou com você até o quintal.

— Mas não pode olhar, heim?! É uma surpresa que acho que você vai gostar.

— Prometo que não olho, meu filho, fica tranquilo.

Eu, claro, que a levei pela parte da popa do veleiro. Logo ela não viu a surpresa, depois a levei para a proa, e ela viu a linda surpresa.

Ficou muda. Reparei pelo seu olhar e pela cara de espanto que adorou.

— Meu filho, que lindo! Que legal! Que maravilhoso! Como você é inteligente!

— A ideia não foi só minha. Foi da minha irmã também. De relance, dei uma piscadinha de olho para ela e logo ela entendeu.

— É por isso que eu sempre falo: — Vocês são o meu orgulho!

E me deu um puxão bem apertado nas bochechas, com as duas mãos. Fiquei cheio de vergonha e todo vermelho.

– Para mãe, para! Já sou um homem.

– Eu sei, meu filho, mas para mim vocês serão sempre meus bebês.

Na segunda voltaria a ter aulas no curso de enfermagem. Estava ansioso para ver e conversar com o professor sobre o novo projeto do barco, o modelo grande. Eu tinha certeza de que ele adoraria a ideia.

Arrumei-me todo e peguei as minhas coisas para caminhar até a escola. Já estava cheio de ideias, planos, etc.

A caminho da escola, vi algumas ambulâncias passando correndo por nós, achei estranho, mas não liguei. Fui chegando mais perto da escola e reparei que elas estavam bem na frente da escola.

Apertei o passo, e segurei minha irmã bem perto de mim. Cheguei a uns 100 metros da escola e vi vários alunos chorando, de cabeça baixa.

Os professores também estavam chorando muito. O professor de enfermagem veio em minha direção e me deu um grande e caloroso abraço.

Fiquei sem entender por alguns minutos. Ele me olhou bem nos olhos e disse:

– O professor Armando morreu.

— Como assim morreu? O que aconteceu? Não pode ser!

— É. Infelizmente ele morreu em um acidente na oficina.

— Mas como? Se não tinha nenhum equipamento na oficina? Está tudo na minha casa. Não pode ser!

— Desculpe, Jack. Mas é verdade. Ele estava recolocando os equipamentos na oficina quando levou um choque e morreu.

— Como colocando os equipamentos? Eu tinha combinado com ele que ia devolver tudo no retorno das férias, inclusive estou com um projeto novo. Quem vai me ajudar agora? Quem? Quem? Quem?

— Jack, mas o professor deixou uma carta para você.

— Eu não quero carta! Eu quero ele de volta! Eu quero meu amigo de volta!

Quando olho para trás, vejo minha mãe chegando. Ela corre em minha direção e me dá um grande abraço. Eu chorando, falava que o professor Armando morreu.

— Mamãe, ele morreu.

— Eu sei Jack, eu sei.

— E agora mãe, como vai ser? Como eu vou ficar? Como, como mãe?

— Vai ficar bem, Jack. Eu sei que vamos conseguir juntos, como sempre conseguimos em nossas vidas.

Este é só mais desafio que vamos vencer juntos.

Realmente aquilo foi um baque para mim. Perdi um grande mestre, um maravilhoso amigo e um excelente professor.

Sem eu perceber, minha mãe trouxe a carta que ele tinha entregue alguns dias antes de morrer. Parecia que ele já estava adivinhando o que isso poderia acontecer.

Levei um bom tempo sem rumo, sem chão. A minha mãe, como sempre, cuidava muito da gente, ela nos vigiava bem de perto, de uma forma muito carinhosa e atenciosa.

Em um domingo, pela manhã, a minha mãe falou assim:

— Meu filho, você não quer saber o que está escrito na carta?

— Que carta, mãe? — Eu tinha esquecido da carta que o professor tinha deixado.

Minha mãe me deu a carta e recomendou:

— Meu filho, um ótimo lugar para você ler a carta é lá fora, perto do veleiro. Eu tenho certeza de que você vai se sentir bem por lá.

— É mãe, eu vou, mas com certeza é mais uma que Deus apronta com a gente.

— É, meu filho, é verdade. Este tal de Deus sempre apronta com a gente.

Levei a carta para o quintal, pois ainda tinha que arrumar uma forma de devolver as ferramentas que peguei emprestado da oficina.

Comecei a ler a carta e, aos poucos, fui me surpreendendo com o que estava escrito.

Primeiro, o professor começou falando que gostou muito de me conhecer e que conhecia a minha luta e a luta da minha família, principalmente da minha mãe. Ele sabia que minha mãe fazia faxina e catava latinha para nos educar e manter as coisas em ordem. Logo após, ele falou que ficou muito feliz de ter ajudado na construção da pequena oficina no fundo da minha casa e que foi um privilégio comer bolo de fubá com café, e o bolo foi o melhor que ele já comeu em toda sua vida. Em seguida, ele falou coisas que nem em meus melhores sonhos pensaria.

Ele falou que eu poderia ficar com todas as ferramentas, por que ele iria montar uma nova oficina no colégio, e que ele já tinha falado com os professores e a diretora, que deixaria tudo para mim, e que não era para pedir nada de volta. Que estavam na minha casa e que eu continuasse assim, com muita garra e coragem durante a minha vida, que ele tinha certeza de que eu chegaria longe, com a humildade que só eu tinha. Ele terminava a carta me agradecendo e me incentivando a continuar.

Realmente o professor me deu um gás para continuar. Retornei para dentro de casa e perguntei a minha mãe se ela já tinha lido a carta. Ela falou que sim, mas logo se desculpou por isso.

— Mas mãe, você é minha mãe, você pode tudo.

Ela riu e deu uma longa tosse.

Como eu tinha prometido para mim, que não falaria mais nada, me calei. Só que, como minha mãe é muito esperta, ela falou:

— Já sei, vai ao médico. Não é isso que você está pensando?

Dei um sorriso no canto da boca, agradecendo, e falando que sim.

Resolvi, assim, começar a nova missão, construindo um veleiro em tamanho original como vemos na televisão.

Voltei à escola no outro dia e procurei os outros professores e a diretora. Dona Izabel era uma diretora muito legal, ela falava com todo mundo na escola, desde o porteiro, até os alunos. Todos a conheciam e ela conhecia todos pelo nome. Bati na porta e perguntei:

— Dona Izabel, posso entrar?

— Claro, Jack, entra e senta, vamos conversar.

— Com certeza a senhora sabe o que aconteceu com o professor Armando.

— Sim, sei Jack.

— A senhora sabe da carta também?

— Sim, Jack.

— O professor Armando falou tudo antes comigo, só que tem algumas coisas que ele deixou para eu te contar.

— O que professora? Como assim?

— Quando vocês levaram as peças e equipamentos para sua casa, ele veio me pedir autorização, afinal, eu sou a diretora desta escola. Ele me pediu para dar todos os equipamentos para você, que ele compraria tudo novo no retorno das férias. E que ele vinha admirando você há alguns anos. Primeiro, no curso dele, depois no curso de enfermagem. Tem uma coisa muito séria que tenho que contar a você, mas isso vai mudar várias coisas em sua vida, inclusive a relação com sua mãe.

— Professora, a senhora está me assustando. Fala logo, fala logo!

— Na verdade, ele, o professor Armando, não morreu. Ele foi embora.

— Como assim, professora? Então ele não morreu?

— Não, ele não morreu.

— Me conta a verdade então, eu aguento, fala logo...

— Ele é o seu pai.

— Meu pai? Como, meu pai? Como assim meu pai?

— Sim, é seu pai.

— Mas meu pai morreu quando eu tinha cinco anos, ao menos e é isso que minha mãe falava. Inclusive ela sempre brigava com Deus por tê-lo tirado dela tão cedo.

— Sim, mas esta não é a história verdadeira.

— Então conta logo, professora.

— O seu pai foi embora da vida de vocês, porque ele bebia muito, e às vezes batia na sua mãe, e sua mãe, com vergonha dele, resolveu não falar a verdade para vocês. Principalmente vendo que se tornou este homem de caráter, coragem e determinação.

Sem querer, você se aproximou dele no curso de equipamentos navais, isso foi sem querer. Quando ele foi embora de casa, foi um choque muito grande para ele e para sua mãe. Para o seu pai, foi muito difícil, para ele ficar sem os filhos foi uma coisa terrível, e ele conseguiu se levantar depois de muito tempo.

Sem querer, você entrou no curso que ele dava aula, quando ele bateu o olho em você, viu na hora que era o filho dele, só que teve que respirar fundo para te abraçar. Toda vez que ele terminava a aula, ele conversava comigo, e é por isso que eu sei da história toda. Ele ficou com medo da sua reação, e por isso não teve coragem de falar nada com você. Eu e seu pai conseguimos guardar esse segredo por muitos anos. Quando ele achou que você ia embora com a chegada do final do curso, você resolveu fazer outro curso o de enfermagem, ai ele percebeu que não tinha jeito. Ele tinha que conviver com você mais um tempo, e para ele ia ficando cada dia mais difícil isso tudo.

Ele estava se preparando para ir embora, quando você veio com a ideia de montar a oficina na sua casa. Ele viu aí a oportunidade de rever sua mãe. Via a luta dela para educar você e sua irmã.

— Mas ele poderia ter falado comigo, poderia ter falado com minha mãe, porque ele não falou comigo ou com minha mãe?

— Ele até pensou, mas ele sabia que sua mãe falava para você que ele tinha morrido. Infelizmente não tinha alternativa. A primeira alternativa que ele percebeu, ele pegou, que foi de ajudar a montar a oficina, e foi isso que ele fez. Falou comigo e comprou tudo novo para a oficina da escola, mas quando ele foi na sua casa e viu que sua mãe estava em casa, ele gelou de medo. Na hora ele achou que sua mãe o colocaria para fora, feito um cachorro, mas ao contrário, ela não fez isso, ofereceu um café com bolo, não foi mesmo?

— Sim, foi.

— Então, isso acabou dando coragem a ele para ajudar mais ainda vocês. Quando ele voltou da sua casa, estava todo empolgado com você, só que sua mãe na hora o reconheceu, mas não falou nada, porque você e sua irmã estavam perto.

Mas quando ele saiu da casa de vocês, sua mãe foi atrás dele, e falou um monte de besteiras, e foi por isso que eu e ele aproveitamos o acidente na oficina, para as pessoas pensarem que ele tinha morrido. Na verdade, foi outra pessoa que morreu na oficina.

— Então, quer dizer que novamente ele saiu das nossas vidas? Ele sempre foi um covarde mesmo. A minha mãe estava certa, para mim ele acabou de morrer de verdade agora.

— Não fale isso, Jack, o seu pai tem um bom coração, tem caráter, mas infelizmente cometeu alguns erros na vida.

— Eu acho que o maior erro cometido por ele foi gerar a gente. Terminamos, professora?

— Sim, terminamos. Mas eu peço uma coisa a você. Não comente nada disso com ninguém, pois eu posso ser presa.

— A senhora já me ajudou muito, só por isso eu não vou falar nada para ninguém.

Retornei para casa, pensativo.

Não sei se falo com a minha mãe. Se eu falar com ela, qual será sua reação? Será que ela vai entender? Não sei...

A caminho de casa, encontrei com o porteiro na rua, o mesmo porteiro que me deu o primeiro veleiro dentro dos sacos de latinha.

— Olá, seu Alfredo, como vai?

— Tudo bem, e você?

— Bem. O que o senhor está fazendo por aqui?

— A minha filha Ana mora aqui nesta rua, eu passei para dar um beijo nela. Tudo bem? Afinal, como anda sua mãe?

— Tudo bem, por quê?

— Eu estranhei. Por que a sua mão não foi mais lá no prédio?

— Como assim?

— Já tem um bom tempo que não vejo sua mãe por lá.

— Estranho, ela nos vê sair pelo portão toda manhã indo para o colégio.

— Bom, deixa para lá. Foi bom ver você com saúde.

— Obrigado!

Quando ele estava caminhando, se virou e perguntou:

— E o veleiro que te dei, ainda existe?

— Claro que sim. Ele virou meu troféu.

— Manda lembrança para sua irmã.

— Pode deixar que mando sim.

Fiquei muito preocupado com o que ele falou. Fui pensando bastante o resto do caminho. Por que minha mãe mentiria para nós? Por que ela parou de fazer as faxinas? Será que arrumou coisa melhor e não falou nada com a gente? Muito estranho. Vou ter que ficar de olho nela. Amanhã vou resolver isso.

Resolvi não contar nada para minha mãe do ocorrido no colégio e na rua, com o porteiro.

Bolei um plano para descobrir o porquê de minha mãe estar mentindo sobre as duas coisas. Resolvi vigiá-la. Logo na segunda feira combinei com a minha irmã que a levaria na escola e voltaria para resolver uns problemas em casa. Fiz prometer que não iria contar nada no colégio caso alguém perguntasse. Arrumamo-nos e saímos de casa. Como sempre, minha mãe ficava na porta nos vendo sair. Assim que cheguei ao colégio, deixei minha irmã e voltei correndo para casa.

Quando ia chegando em casa, vi minha mãe saindo de casa com uma roupa diferente. Eu a observava de longe, sem ela me ver. Para a minha sorte ela não pegou o ônibus, mas foi a pé mesmo para algum lugar que eu ainda não sabia. Ela andou uns dois quarteirões e entrou no hospital. Infelizmente as minhas preocupações estavam certas. Ela estava muito doente.

Fiquei olhando do outro lado da rua, por trás dos carros, ela entrar. Ela passou pela porta de vidro e foi para os fundos. Passou várias coisas na minha cabeça. Será algo sério? Será coração, pulmão, artérias? Fiquei muito preocupado. Eu tenho que descobrir o que é, mas sem ela saber. Ela demorou um tempão para sair e eu fiquei esperando entre os carros. Reparei que quando ela saiu, estava abatida, chorosa, semblante triste.

Meu coração quase saiu pela boca de tanta preocupação, mas eu não podia falar com ela, porque senão ela poderia ficar pior, ou brigar comigo.

Voltei para a escola correndo para pegar minha irmã, dei uma passada na sala de aula do curso de enfermagem, para dar uma explicação à professora. Porque se eu não fizesse isso, ela poderia perguntar à minha mãe por que eu faltei ao curso.

Voltei caminhando com minha irmã, calado. Chegamos em casa e encontramos a minha mãe na cozinha. Ela estava fazendo algo para o jantar. Sentamos à mesa, como sempre fazíamos, e começamos a conversar. Minha mãe logo me perguntou por que eu não continuava o projeto do veleiro. Eu falei que estava pensando em recomeçar, mas no momento tinha outras prioridades.

Eu senti que ela olhou meio desconfiada para mim, mas não liguei, dei de ombros e disfarcei.

— Mãe, como tem sido as faxinas? Tem encontrado com o senhor Alfredo?

Ela ficou roxa nas bochechas, mas respondeu:

— Tudo bem, meu filho. Eu sempre o encontro na saída do prédio.

— É verdade, mãe? Engraçado. No outro dia encontrei com ele bem aqui na rua. Você sabia que a filha dele mora logo aqui na esquina?

— Não, não sabia.

Eu falei que encontrei com ele, mas não falei nosso assunto. Eu tinha que fazer ela falar a verdade, de qualquer maneira. Eu tinha que descobrir da sua própria boca.

Eu brinquei com a minha irmã, perguntando se ela me ajudaria a fazer o veleiro, ela me olhou e falou:

— Claro que ajudo, por que não?!

— Tudo bem, então. Amanhã, após o curso, retornamos aos trabalhos.

No outro dia, à tarde, tornei a fazer o veleiro.

Toda vez que precisava de uma mãozinha pequena para apertar um parafuso chamava minha irmã.

Vira e mexe eu falava com minha mãe.

— E aí, mãe, como andam as faxinas?

E ela sempre me respondia a mesma coisa...

— Está tudo bem, meu filho.

O tempo passava e eu não conseguia fazê-la falar, por enquanto eu tinha desistido.

Cheguei ao fim do meu curso de enfermagem e minha irmã também chegou ao final do dela.

Ela fazia curso de cabeleireira, e por sinal, uma ótima cabeleireira, foi uma das melhores alunas do curso.

Nesta altura, eu já estava ganhando um bom dinheiro com as miniaturas de barcos e veleiros eu tinha prometido a minha irmã que se ela fosse uma boa aluna eu montaria um salão para ela. Na hora ela topou, e me garantiu que faria o máximo para isso. Dito e feito, ela foi a melhor aluna do curso e ainda brincou comigo.

— Você acha que é só você que gosta de desafios?

Não tive escolha, montei o salão. Mais um cômodo que eu consegui construir com as vendas. Finalmente eu estava conseguindo terminar o meu maior desafio, a construção do meu veleiro que estava no quintal.

Já passaram alguns meses e nada de eu conseguir fazer a minha mãe falar, se abrir comigo.

Acordei cedo no sábado e estava dentro da casa de máquinas do veleiro fazendo alguns acertos, quando subi para o convés e vi a minha mãe chorando e olhando o nome dela escrito no barco. Fiquei em silêncio, só a observando com um olhar carinhoso. Ela acenou para mim e eu fui até ela. Ela me olhou, passou as mãos no meu rosto com lágrimas descendo pelo seu rosto e falou:

– Você realmente se tornou o maior orgulho da minha vida.

– Graças a você, mamãe, graças a você!

Nessa hora eu vi uma excelente oportunidade para conversar com ela sobre os dois assuntos, mas antes de eu começar a conversar, ela foi me levando pelas mãos, para parte de dentro da casa, me colocou sentado na mesa, pegou duas xícaras de café e sentou-se ao meu lado.

– Filho, tenho algumas coisas para falar com você. Coisas muitos sérias, meu filho. Tudo que eu tenho para falar pode mudar a nossa relação pelo resto das nossas vidas.

– Fala mamãe, fala logo.

Eu tinha que fazer um suspense, praticamente eu já sabia o que ela iria falar, mas não podia deixá-la desconfiar de nada. Minha mãe começou me pedindo perdão.

– Perdão, meu filho, perdão.

– Eu não tenho nada para te perdoar. Você sempre vai ser a melhor mãe do mundo.

– Não, meu filho, não sou não. Eu menti para você.

– Como, mamãe? Mentiu como?

– Eu menti para você em relação ao seu pai. Ele não está morto. Ele está bem vivo.

– Como assim? Bem vivo como? Ele não morreu?

— Ele era uma pessoa muito difícil. Bebia e, às vezes, me batia. Ele só tinha uma coisa boa, não fazia nada contra vocês. Você e sua irmã ele amava muito. Eu e seu pai brigávamos muito. Quando isso acontecia, ele saía e voltava agressivo para casa e me batia. Eu aturei isso por muito tempo, mas teve uma hora que não aguentei mais e o denunciei para a polícia. Quando voltei da delegacia com os policiais, para prendê-lo, ele já tinha fugido e se escondido na casa de uns parentes em outra cidade. Depois desse dia, ele nunca mais voltou. Então resolvi falar para vocês que ele tinha morrido. Eu achei melhor e mais fácil. Como vocês eram muito pequenos, ficaria mais fácil de vocês entenderem a morte dele do que ter que conviver com um alcóolatra que ainda batia em mim. Mas ainda tem outra coisa. Lembra quando o professor veio aqui com você, para montar a oficina?

— Sim, mamãe, eu lembro.

— Como eu não tinha falado com vocês ainda, fiz de conta que não o conhecia naquele dia, e ainda ofereci café com bolo de fubá.

— Sim, foi isso mesmo, mamãe.

— Mas, na verdade, eu o reconheci na hora. Tive certeza de que ele era o seu pai. Acho que ele também me reconheceu. No dia eu o tratei bem, por causa de vocês, mas no outro dia eu fui até a oficina, botei ele de cachorro para baixo. Briguei com ele de verdade, chamei a polícia e a deixei do lado de fora da oficina. Caso ele me agredisse novamente, os policiais poderiam prendê-lo na hora.

— Mas, mamãe, você poderia ter me falado que ele era o meu pai. Pelo simples fato de eu já estar bem crescido para entender qualquer coisa. Você não acha isso?

— Sim, acho.

— Não foi você mesma que me educou e me preparou a todo momento para a vida e seus problemas?

— Sim, mas tive muito medo por ele e por vocês.

— Deixa de besteira, minha mãe querida! Eu amo você de qualquer maneira, e nada disso vai diminuir a mágoa que eu sinto por ele. Tenho orgulho de você e da maneira que você me educou.

— Quando eu comecei a falar, percebi que ele estava diferente. Tudo que eu falava ele não respondia. Achei muito estranho. Falei um monte de coisas para ele: "Você acha que pode voltar para a minha vida assim? Você foge dos problemas como o diabo foge da cruz e agora, depois de anos, você acha que conquistando o meu filho você pode me reconquistar? Você está totalmente enganado! Eu vou mandar prender você, seu ordinário, safado, mal caráter! Há anos estou com isso engasgado aqui na minha garganta". E ele só batia a cabeça, falando que sim. Falei, falei, falei e ele nada... Quando eu cansei de falar, perguntei a ele: "Você tem algo a dizer?". Ele me perguntou: "Você vai me escutar?". "Fala logo", esbravejei com ele. "Eu sei que se eu me ajoelhar e pedir perdão, você não vai me perdoar, mas sei que fiz muitas coisas erradas, uma delas foi abandonar você, na miséria, sem nada, até sem ter o que comer. Mas as coisas mudaram muito para mim, após eu ir embora. Eu fui morar com os meus tios em Macapá". "Eu lembro deles".

Minha mãe prosseguiu, soltando fumaça pelos ouvidos:

— O covarde do seu pai me explicou: "Então, quando cheguei lá e contei a história para meus tios, eles brigaram muito comigo, e exigiram e me proibiram de beber novamente. Se isso acontecesse novamente, eles me colocariam para fora do sítio deles. Foi com muita coragem e esforço que eu consegui parar de beber". "Mas você não teve coragem de lutar por nossa família, seu fraco!" — Minha mãe falava. "Você tem razão, Tânia, eu fui um fraco a minha vida quase toda, mas graças a Deus eu tive tempo de mudar". Eu esbravejei: "Graças a Deus não. Que Deus é este que deixou a gente passar fome?". "Não fale assim. Graças a Deus e aos meus tios, que me deram uma segunda chance". "É, mas isso não muda nada para mim. Você ainda é um covarde!". "Tem razão, Tânia! Tem razão!".

— Nós conversamos, meu filho. Naquele dia seu pai resolveu deixar a gente em paz novamente. Foi por isso que ele simulou o incêndio na oficina do colégio, com a conivência da diretora. E com medo de ser preso definitivamente, ele foi embora.

— Tudo bem, mãe. Você já contou sobre o meu pai. Você tem mais alguma coisa para me contar?

— Sim, meu filho. Eu estou muito doente.

— Como assim, muito doente?

— Sim, meu filho. Você lembra aquela tosse que às vezes eu tinha?

— Sim, lembro.

— Então, eu fui ao médico, como você me pediu.

— É, que bom; e o que ele falou?

— Infelizmente ele falou que o que eu tenho é muito sério.

— Como assim, muito sério?

Minha mãe sabia que, como eu tinha estudado no curso de enfermagem, eu sabia exatamente a gravidade do assunto, então ela teria que me falar a verdade.

— Meu filho, não tem como mentir para você. Eu fui ao médico várias vezes. Ele não conseguiu dar o diagnóstico certo. Ele acha que pode ser câncer, mas não deu certeza. Vai fazer mais exames na próxima semana.

Fiquei sem palavras. Só respirei fundo, e comecei a chorar.

— Como é que pode, mãe? Quantas vezes eu falei para você procurar o médico, quantas vezes? Quantas vezes? Faz mais de um ano que falo com você sobre isso. Um dia você até brigou comigo, lembra?

— Sim, meu filho, eu lembro, mas agora não podemos fazer nada, só rezar.

— Como assim, rezar? Não era você que falava que Deus não existia, e que ele não ouvia as nossas orações? Agora, com isso tudo eu acredito cada dia mais nisso. Que Deus realmente não existe.

— Não falei isso. Não fale desse jeito, meu filho.

— Eu sei que os médicos podem encontrar uma saída para essa doença, e não esse tal de Deus. Deus não deixaria você com câncer.

— Tudo bem, meu filho. Vamos ver o que os homens podem fazer. Vou começar um novo tratamento na próxima semana e vou precisar ficar um mês no hospital. A sua irmã está de namorado novo, eu preciso que você tome conta da casa e dela também.

Mas vou te pedir outra grande coisa. Termine de construir o seu veleiro e vá conhecer o oceano, pois isso é uma coisa que eu nunca vi na minha vida, e gostaria de ver antes de eu morrer.

– Você vai viver muito, mamãe, eu tenho certeza disso.

– Promete para mim, meu filho, que você vai fazer isso por mim?

– Prometo mãe, eu prometo.

– Eu sei, meu filho. Não é você mesmo que fala que adora um desafio? Então, coloca as mãos à obra para construir este veleiro e não esqueça de proteger a sua irmã.

– Tudo bem, vou proteger.

Como eu já tinha acabado o curso de enfermagem, eu tinha algum tempo livre. Comecei os trabalhos. Resolvi alguns problemas pendentes, na parte elétrica, e fui para o acabamento final. Enquanto isso, a minha irmã tocava o salão, que ia de vento em popa.

Seu namorado era gente boa, ele trabalhava na marinha e às vezes me dava uns toques na montagem do veleiro. Ele estava sempre em nossa casa.

O tratamento da minha mãe estava dando certo, e já fazia uns meses e a sua melhora era bem visível. Ela voltou para casa com várias orientações médicas. Preparamos uma recepção muito legal, ela adorou, foi aquela festa. A minha irmã aproveitou o momento e falou que se casaria com Alexander.

Minha mãe ficou toda boba, ela adorou a ideia e ainda brincou comigo.

— E você, meu filho, quando vai arranjar uma namorada?

— Eu sei lá, mãe... Quando eu arrumar uma maluca que goste das minhas ideias malucas.

— Quem sabe a Ana, que mora perto daqui. Ela parece uma boa menina.

— Mãe, você acha que ela vai gostar de um louco como eu?

— Claro que sim, meu filho. Você tem várias qualidades. Uma delas e a mais forte é que você gosta de desafios. – ela brincou.

— É mãe, você tem razão e o meu próximo desafio é arrumar uma louca para namorar comigo.

Minha irmã brincou...

— Eu tenho várias amigas do salão que posso te apresentar.

— Elas são loucas demais para mim... – risos.

Minha mãe ficou tão feliz que esqueceu que estava com câncer. Ela perguntou para minha irmã:

— Hoje é o noivado, mas quando será o casamento?

— Daqui a seis meses.

— Nossa, tão rápido. Por quê?

– Porque infelizmente o Alexandre vai ser transferido para a Argentina a serviço e eu vou com ele.

– Mas filha, você não acha muito cedo?

– Não, mamãe. Não acho. Eu só tenho seis meses para vender o salão e me mudar.

– Tudo bem, então. Se você está feliz eu também fico feliz.

Minha mãe continuava o tratamento. Às vezes ela vinha conversar comigo a respeito de Deus, e eu sempre falava:

– Que Deus é esse que deixava as pessoas doentes, que deixava minha própria mãe doente?

– Meu filho, não diga isso. Algum dia ele vai se revelar para você de uma forma que você não vai esperar.

– Vamos ver, vamos ver... O tempo vai mostrar isso, vamos ver se você tem razão. Acho sinceramente que não!

Quando faltava um mês para a minha irmã vender o salão, ela entra em casa toda feliz.

– O que aconteceu? – Perguntei.

– Consegui negociar o salão.

– Que bom! Com quem?

– Você não vai acreditar com quem!

– Com quem? Fala logo!

– Com a Ana, a filha do senhor Alfredo, o porteiro amigo da mamãe.

– Sério?

— Sim, meu irmão, é sério.

— Mas como foi isso?

— Eu estava fazendo um cabelo de uma cliente, e conversando com ela, disse que queria vender o salão porque meu marido seria transferido para a Argentina daqui a um mês e eu teria pouco tempo para achar alguém de confiança. Até porque o salão fica dentro do nosso quintal, então eu estava tentando arrumar uma pessoa assim de confiança e do nosso convívio. Aí, quando eu estava para fechar a loja, no final do dia, ela retornou para conversar comigo sobre este assunto e marcamos hoje aqui em casa.

— Que horas ela vem?

— Eu acho que às 21 horas.

— Tudo bem!

Um pouco antes das 21hs Ana tocou a campainha. Rebeca foi abrir e a levou para dentro, passou pela cozinha, falou com minha mãe e foi parar na área externa da casa, que era onde ficava o salão.

Quando ela passou pelo quintal, viu aquele grande veleiro em construção e ficou surpresa com aquilo tudo. Na hora ela perguntou:

    — De quem é este veleiro/ barco/ lancha sei lá?

Minha irmã respondeu:

— É do meu irmão Jack, foi ele quem fez tudo sozinho.

— Sério?

— Sim, foi ele.

Neste momento, eu entro todo sujo de graxa.

— Ana, este é Jack, o meu irmão.

— Oi Ana, tudo bem?

— Sim, e você?

— Vou bem.

Foi você mesmo que construiu esse barco/lancha/veleiro?

— Sim, fui eu.

Mas é um veleiro com motor e velas.

Você gostou?

— Sim, mas tem uma coisa.

— O quê?

– Por fora está ótimo, mas com este motor ele não vai a lugar algum.

– Como assim não vai a lugar algum?

– Sim, isso mesmo. Esse motor é muito pequeno para este barco todo.

– Como você sabe disso tudo sobre barcos/veleiro?

– Meu pai adorava barcos e veleiros.

Quando ele era pequeno, ele montava e desmontava barcos e veleiros, acabou me ensinando tudo sobre barcos e veleiros e eu acabei me tornando projetista de barcos e veleiros.

Na hora minha irmã brincou:

– Acabou de encontrar uma louca ideal para você! Risos...

Se tivesse um buraco no chão, eu enfiava a cara na hora. Ana não entendeu nada, mas eu entendi a piadinha. Para disfarçar, ela levou a Ana no salão para mostrar tudo, combinar o preço e fechar a documentação. No final de tudo, Ana fechou o negócio com minha irmã. No fundo eu fiquei feliz com isso.

Quando Ana estava saindo, novamente ela passou por mim, eu entrei na frente dela e perguntei:

– Você se importaria de me explicar o porquê de o motor do meu barco não levá-lo para lugar algum?

– Claro que respondo. Você tem um barco grande para o motor pequeno, você precisa de um motor com mais potência. Como posso explicar? O seu motor tem baixa potência para muito peso.

— Tem certeza, Ana?

— Sim, tenho. Eu fiz vários iguais a esse.

— Muito bom! Você não quer me ajudar a terminar ele?

— Claro! Por que não? Eu adoro desafios!

Logo minha irmã brincou:

— Realmente ela é a louca que você estava procurando. Ela até fala como você!

— É, Rebeca, você tem razão.

Ana se despediu e confirmou que voltaria, até porque ela era a nova dona do salão.

Minha irmã se mudou e foi morar na Argentina com meu cunhado.

A minha mãe continuava fazendo os exames e os tratamentos para diminuir a evolução do câncer.

Finalmente eu consegui terminar o veleiro. Agora tinha que colocar na água e testá-lo.

A Ana virou uma excelente amiga e companheira para a montagem do veleiro.

Combinamos a data para colocar o barco na praia e aproveitar para levar minha mãe à praia. Eu tinha certeza que ela iria adorar.

Em um domingo de sol brilhante nós recebemos uma ligação da minha irmã dizendo que estava grávida do primeiro filho e ele ia se chamar Yuri. Minha mãe ficou muito feliz com a novidade e veio correndo falar comigo. Neste instante eu estava no salão conversando com Ana e ela entrou correndo.

– Jack! Jack! Sua irmã vai ter um filho!

Quando ela entrou no salão, me pegou aos beijos com Ana. Na hora eu fiquei com medo da sua reação, mas ela me surpreendeu dizendo:

– Que isso, meu filho?

Tomei um susto.

– Mãe, o que você está fazendo aqui?

– Só vim falar que sua irmã está grávida.

Ela brincou comigo e com Ana.

– Ana, minha filha, que bom que presenciei isso. Já estava preocupada com o meu filho.

– Por que, dona Tânia?

– Já estava pensando que meu filho era gay... risos.

– Mãe! – Gritei, sem graça.

– Não esquenta. Isso faz parte da vida.

Depois que minha mãe nos pegou namorando, resolvemos assumir o relacionamento.

Minha mãe continuava o tratamento, mas, infelizmente, a maldita doença não cessava. Eu acompanhava minha mãe em todas as visitas ao hospital. Ela passou de uma vez por mês, a ir de 15 em 15 dias, e logo após o tempo diminuiu e passou para uma vez por semana. Isso muito me preocupava, eu sempre falava com Ana que achava que estava perdendo minha mãe.

— Estou perdendo minha mãe para essa maldita doença. Este câncer miserável, que leva várias pessoas por anos e anos.

Ana carinhosamente:

— Calma, Jack, a sua mãe é forte, se Deus quiser ela fica boa um dia.

— Eu já estou cansado de ouvir você e minha mãe falar de Deus. Já falei várias vezes que Deus não existe. Se existisse, as pessoas não passariam fome, sede, doenças, guerras. Não fale deste Deus novamente.

— Tudo bem, Jack, deixa para lá.

Bem próximo do Natal a minha mãe passou mal em casa e corremos com ela para o hospital. Ainda bem que encontramos o médico que cuidava dela, e ele rapidamente mandou que ela ficasse internada uns dias, mas antes de subir para a internação ela me pediu algumas coisas.

Primeiro, ela me pediu para perdoar Deus, porque Ele não tem culpa de nada do que aconteceu com ela e com nossa família. Depois ela me pediu para perdoar o meu pai, porque sinceramente ela já o tinha perdoado por tudo o que ele tinha feito. Logo em seguida, ela me pediu para cremar o corpo dela e jogar no mar, se ela morresse, pois como ela não tinha conhecido o mar, ao menos isso poderia ser feito e a faria muito feliz.

Ela ainda veio com outro assunto, que era para eu casar logo com Ana, pois nós fazemos um lindo casal, e aproveitar para fazer um filho. Na hora eu fiquei arrepiado da cabeça aos pés, e Ana me olhou com lágrimas nos olhos. Eu respondi rápido:

— Para com isso, mãe. Já falei que você vai viver muito tempo, inclusive para ver os seus netos, meus filhos e conhecer os filhos da Rebeca pessoalmente na Argentina. Vamos programar uma viagem no meu veleiro, eu, a senhora e Ana. Já imaginou como vai ser ótimo?!

— Sim, meu filho, seria ótimo, mas não sei se vai ser possível os médicos me liberarem para isso. Deve ser uma viagem de muito tempo até a Argentina.

— Para com isso, mãe, todos aqui no hospital sabem que eu fiz enfermagem, e também sabem que sou competente para isso.

— É, meu filho, mas no seu veleiro não tem os equipamentos necessários para mim, se caso for preciso entrar com alguma medicação venosa.

— Tudo bem, vamos deixar para lá, eu sei que você vai sair dessa novamente, como conseguiu sair das outras vezes.

– Os médicos estão chamando a gente para sair do quarto, eles vão levar sua mãe para o CTI.

– Tudo bem, Ana, vamos sair.

– Mãe, vai tranquila, eu sei que você vai voltar bem.

Dei um beijo na testa dela e ela me respondeu:

– Fica com Deus, meu filho, eu sei que vai correr tudo bem.

Ela ressaltou:

– Não se esqueça das suas promessas.

– Não vou esquecer.

E ela entrou na sala do CTI.

Eu e Ana voltamos para casa com muita tristeza no coração. Quando cheguei em casa, caí em prantos e comecei a indagar a Deus.

– Por que você faz isso comigo? Você fica aí em cima só assistindo as desgraças dos outros e não faz nada? Você não é Deus? O Deus todo-poderoso? O Deus que cura? Que liberta? Que transforma? Por que não muda então o meu sentimento por você? Eu não acredito em você. Isso tudo é invenção dos homens. Você não existe! Você não existe!! Eu quero ver agora: se você existe mesmo, cura a minha mãe! Só assim eu vou acreditar em você. A humanidade diz que você existe, mas eu não acredito.

Ana ficou impressionada com minha atitude. Ela não sabia que eu tinha essa raiva de

Deus. Ela me perguntou o porquê disso tudo e eu falei que era herança da minha mãe, que foi ela que nos educou assim.

— A minha mãe sempre brigava com Deus quando acontecia algo de ruim. Quando meu pai morreu, ou melhor, quando ele foi embora da nossa casa, quando eu e minha irmã éramos pequenos, nós sofremos muito. Passamos muita necessidade por causa dele. O pai saiu de casa porque bebia e batia em minha mãe, e minha mãe não aguentou e colocou ele para fora, mas com isso ela ficou muito sacrificada.

Acrescentei:

— Ela catava latinha na rua, fazia faxinas, se virava para nos educar e nos manter estudando. Ainda bem que encontramos uma escola de graça e com estudo profissionalizante, com isso acabamos nos formando e temos uma profissão hoje em dia.

— Sim, Jack. Que bom! Sua mãe sempre foi muito esforçada, o meu pai sempre falava dela, e falava muito bem, com muito carinho.

— É, eu lembro do seu pai. Ele foi uma pessoa muito importante para mim. Graças a ele eu consegui fazer o curso na área naval e depois o curso de enfermagem. Foi graças ao presente que ele mandou por minha mãe, para mim. Aquele pequeno veleiro que está ali na estante.

Isso praticamente mudou minha vida, se não fosse esse veleiro, eu não sei o que seria de mim. Ele foi o meu primeiro desafio e a partir daí eu percebi que poderia fazer qualquer coisa, até construir este grande veleiro e navegar com ele no mar afora.

— Com certeza, Jack, eu sei que você pode fazer isso, faz isso por mim e por sua mãe, mas de qualquer forma, ela vai sair dessa.

— Tudo bem, Ana, sei que vai.

Iniciei a empreitada no veleiro, com a intenção de levar a minha mãe para ver o mar e conhecer os netos pessoalmente. Eu me revezava no hospital e na finalização do veleiro.

Quatro meses já tinham se passado e nada da recuperação total da minha mãe.

Eu e Ana já estávamos morando juntos há algum tempo. Ana trabalhando no salão e eu no veleiro e acompanhando a minha mãe no hospital.

Em um determinado domingo, após Ana voltar da feira, ela começou a passar mal, com muito enjoo. Eu fiquei muito assustado e logo perguntei:

— Está tudo bem? Você comeu algo diferente na feira?

— Não, Jack, só o pastel que gosto muito.

— Pode ser isso, então.

— Realmente, ele estava com muita gordura hoje.

— Amanhã vou à farmácia e compro um remédio para enjoo.

— Isso deve ser coisa de mulher, não se preocupe.

— Tudo bem.

Só que Ana, como era muito esperta, comprou um teste de gravidez também e levou para casa sem eu saber.

Quando chegou em casa, foi logo fazer o teste, e para sua surpresa, deu positivo.

Na hora ela ficou toda feliz, mas não falou comigo no dia. Após ela ter certeza de que estava grávida de verdade, ela resolveu me contar de uma forma diferente.

No domingo seguinte, fomos visitar a minha mãe no hospital e ela combinou de me encontrar lá.

Foi muito emocionante esse dia! Quando cheguei lá no hospital, ela já estava no CTI com minha mãe. Ainda bem que ela estava acordada, nesse dia conversamos bastante, brincamos, fizemos várias coisas.

No final da visita, a minha mãe pegou um sapatinho de criança, que estava escondido em baixo do lençol e me mostrou. Na hora eu fiquei sem entender direito, mas logo em seguida com muita dificuldade ela falou comigo.

— Você vai ser pai, Jack.

— Como?

— Sim, você vai ser pai.

Nesta hora, Ana se virou, olhou nos meus olhos, passou a mão sobre o meu rosto e disse:

— Eu estou grávida, Jack. Você vai ser pai.

Aí minha mãe nos cortou, dizendo:

— Agora você vai ter a noção exata de quando eu falava para você que você é o meu orgulho. Agora você vai ter um orgulho só seu.

Caí em prantos de felicidade, mas quando eu estava chorando de alegria no ombro de Ana, as máquinas que estavam ligadas em minha mãe começaram a apitar, com um som bem diferente. Do nada os médicos entraram no box correndo e nos pedindo licença.

— Por favor, Jack, saia da sala, está acontecendo alguma coisa com a sua mãe. Os monitores estão loucos.

— O que, Doutor?

— Sai Jack, sai Jack, por favor. Ana, leve ele para fora.

— Sim, Doutor. Vamos, Jack, vamos.

— Por favor, Doutor, faz tudo por ela, por favor.

— Sim, Jack, vamos fazer. Vamos fazer.

Neste momento, entraram vários médicos e outros enfermeiros. Nós saímos do quarto chorando. Ficamos do lado de fora do hospital esperando a resposta dos médicos. Quando saímos, Ana viu uma pequena capela com algumas imagens e o Cristo na cruz crucificado, pendurado na parede. Ela foi me puxando para lá, só que da porta eu não passei.

— Vamos, Jack, não custa fazer uma oração pela sua mãe. Ela está precisando muito neste momento.

— Não. — Respondi. — Se quiser, vá você, eu não acredito neste Deus que faz as pessoas sofrerem desde o momento do seu nascimento. Não vou. Deus não existe.

— Por favor, Jack, por favor.

— Não, Ana. Vá você.

— Tudo bem, eu vou.

— Pode ir Ana, vou ficar aqui.

Ana foi e voltou e eu fiquei na porta. Assim que ela voltou vimos os médicos saindo do box e vindo em nossa direção.

— Fala, Doutor. Minha mãe vai sair dessa? Ela está bem?

— Não, Jack. Infelizmente ela morreu.

— Não pode ser! E agora, o que vai ser de mim? Como eu vou ficar sem ela?

— Calma, Jack! Graças a Deus ela conseguiu viver por muito tempo. Infelizmente o câncer estava muito avançado e ela não resistiu.

— Graças a Deus, Doutor? Este Deus não faz nada, ele acabou de confirmar isso levando minha mãe.

— Vamos, Jack. Temos que ligar para Rebeca. Infelizmente ela vai saber disso por telefone.

Chegamos em casa. Ligamos para Rebeca e ela ficou muito abalada com tudo. Avisamos a ela, que um dos últimos pedidos da minha mãe foi conhecer o mar, então eu e Ana tivemos a ideia de cremar o corpo, fazer uma viagem para a casa dela de veleiro e jogar as cinzas ao mar no caminho.

— O que você acha, Rebeca?

— Boa ideia, Jack. Já que a mamãe nunca viu o mar, eu acho que iria gostar disso.

— Combinado. Amanhã vou cremar o corpo dela e preparar a viagem para aí com Ana.

— Sim, faz isso.

— Infelizmente não foi esta a minha programação para usar o veleiro, mas eu acho que foi uma boa ideia.

Cremamos o corpo e colocamos na urna para a viagem. Fiz um estudo das correntes com a ajuda de Ana e preparamos a partida para perto do próximo Natal.

A viagem duraria uns vinte dias mais ou menos. Daria para curtir e fazer a cerimônia da urna com as cinzas da minha mãe. Mas, infelizmente, novamente os planos não saíram como o esperado.

Ana começou a passar mal antes da viagem. Ficamos muito preocupados em relação ao neném. Fomos para o hospital, a nossa preocupação era o bebê nascer antes do tempo.

Quando chegamos no hospital, a bolsa tinha acabado de estourar, rapidamente levaram Ana para a cirurgia e eu fiquei do lado de fora, super ansioso. Afinal, só tinha oito meses de gestação e, se isso acontecesse, o bebê teria que ficar no hospital internado até ganhar peso suficiente para ir para casa.

Infelizmente meu maior pesadelo aconteceu. Ana Beatriz nasceu naquele dia mesmo. Eu nunca senti uma felicidade tão grande. Quando eu vi aquele rostinho lindo, caí no choro. Eu sabia que ela teria que ficar ao menos um mês no hospital para se recuperar, mas eu fiquei sem saber o que fazer, pois eu tinha feito algumas promessas à minha mãe, e eu tinha que cumprir. Principalmente porque eu já estava com a urna com as cinzas preparada no veleiro. O veleiro já estava abastecido e preparado para navegar. Se eu mudasse tudo agora, seria impossível fazer a viagem novamente, pois tudo mudaria, até as marés. Isso foi uma coisa ao qual me preparei bastante, pesquisei e li muito a respeito.

Nesta época do ano as condições do mar seriam ideais, mas como vou fazer isso sem prejudicar a minha família?

Afinal, a minha filha tinha acabado de nascer! Ainda bem que Ana não precisou ficar internada com ela. Na cirurgia correu tudo bem com ela. Mas, com nossa filha não. Ela precisaria de cuidados médicos. Eu e Ana conversamos muito sobre o problema.

Ela, como especialista, sabia que seria o ideal a viagem nessa época. Mas não poderia fazer nada a respeito para ir comigo.

Tive uma ideia meio louca. Conversei com ela para eu fazer a viagem sozinho. Na hora ela achou perigoso, mas, com muito custo chegamos ao entendimento. Como a viagem demoraria pouco tempo: mais ou menos umas semanas, ela viu que seria rápido e concordou. Só que correria o risco de passar o Natal na casa da minha irmã, pois esse era o combinado. Fazia anos que eu não via minha irmã e eu nem conhecia pessoalmente meus sobrinhos.

Tinha muita coisa em jogo nessa viagem e eu tinha que fazer isso por mim, por minha mãe e por minha família. Ana só me exigiu uma coisa: para eu pensar no que minha mãe me falou com amor e tentar perdoar Deus de todo o coração.

Eu falei que tentaria, mas não prometeria nada e que a prioridade seria jogar as cinzas da minha mãe no mar antes de chegar na casa da minha irmã.

— Tudo bem, Jack, faz o que seu coração mandar. — Disse ela.

Procurei um amigo que cuidava do veleiro para mim no cais. Eu já tinha feito vários testes e viagens com o veleiro, só que agora era diferente. Eu tinha em minhas mãos um enorme desafio. Sinceramente, o maior desafio de todos da minha vida!

Fiz todos os preparativos com Ana e combinei que ligaria sempre no final do dia, já que o veleiro tinha vários equipamentos de última geração, até um telefone via satélite.

Partindo do porto via Argentina, tudo estava dentro da minha programação. O primeiro dia estava indo tudo bem. Eu peguei uma coisa muito importante para mim: o pequeno veleiro de madeira feito por mim, quando criança. Ele tinha muito significado. Praticamente, foi ele que me deu forças todos esses anos. Eu o coloquei em local bem importante dentro do veleiro, bem visível, para que todas as vezes que eu o visse lembrasse da minha mãe e das promessas que tinha feito a ela e a Ana. Programei uma rotina dentro do barco.

Uma vez, conversando com um amigo sobre a minha viagem, ele comentou que seria bom eu ter uma programação diária, para ocupar o dia inteiro, pois com isso o dia passaria mais rápido. Eu pedi a ele para me orientar como fazer isso. Ele me emprestou um plano que ele mesmo criou que deu muito certo para ele em uma viagem que fez ao redor do mundo. Ele acordava, tomava café, mexia nas máquinas, no rádio, limpava o convés... Fazia várias coisas durante o dia. E no final da noite só dormia. Com isso, ele ficava cansado e dormia bem. Eu concordei e comecei a fazer o meu plano ao longo do primeiro dia.

Iniciei com um belo café da manhã com ovos, bacon, torradas e uma boa xícara de café. Após isso, lavei o convés, limpei algumas baias de lixo, olhei o motor, testei o rádio, o telefone sem fio, itens de segurança. Fiz isso tudo e percebi que o dia passou bem rápido. Preparei-me para dormir.

Mas, antes, sentei no convés do veleiro para ver as estrelas e pensar um pouco em minha trajetória até ali: nas tantas coisas que já tinha feito na vida, na morte da minha mãe, nos veleiros e barcos que construí, no nascimento da minha filha, em várias outras coisas. Olhei para as estrelas acima do barco e reparei na sua intensidade, parecia que eu conseguiria pegá-las com as mãos. Foi uma sensação ótima! Devido ao meu relaxamento tive uma ideia meio louca. Peguei a urna com as cinzas da minha mãe da parte de baixo do veleiro, levei para o convés e comecei a conversar com ela.

— É, minha mãe, eu acho que nem você pensou que isso aconteceria... dei um sorriso sozinho. Obrigado, mãe, pelo esforço, coragem, determinação para nos educar. Muito obrigado!

Sozinho, caí no fundo do veleiro abraçando a urna com as cinzas.

— Que dor minha mãe! Que saudade de você, do seu sorriso, das suas brincadeiras, do seu cheiro, de você falar para mim que era seu orgulho... Como eu te amo mãe, que saudade!

Então, me dei conta de que já era bem tarde. Desci para a cozinha e comecei a fazer algo para comer. Alimentei-me e fui para o camarote dormir. Nessa noite eu tive um sonho muito lindo com a minha filha, que só vi pelo vidro do berçário. Ela estava bem maior do que quando a deixei no hospital. Ela estava linda, de olhos claros e cabelinho de cachinhos! Só que no final do sonho ela falava algo para mim e eu não conseguia entender o que ela falava. Mas, ela estava fazendo um esforço enorme para falar. Ela abria e fechava a boca, mexia com os braços, mas eu não conseguia entender o que ela queria dizer.

Fiquei muito assustado com tudo isso que aconteceu. Acordei superassustado e transpirando muito. Meu coração parecia que sairia pela boca. Falei para mim mesmo: isso não é nada, é só um sonho. Esquece, Jack, é só um sonho! Voltei a dormir.

Acordei no outro dia pensativo, mas fui para minha rotina diária. Café, torradas, bacon, ovos, máquinas. Quando chegou a tarde, o dia estava lindo, o sol está se pondo lindo, descansando no horizonte. Fiquei olhando para ele com uma xícara de café na mão. Realmente estava linda a tarde! Respirei fundo, senti a brisa do mar.

De repente, ouvi ao longe uma voz: "Você é meu orgulho!". Tomei o maior susto! Tudo bem que outro dia eu estava conversando com a urna, mas hoje, não! E a voz se repetiu: "Você é meu orgulho!". Falei por impulso:

– Mãe? É você? Não pode ser... Será que estou ficando louco? Será que estou com alucinação por estar só no mar? Para com isso, Jack! Você não está enlouquecendo, esquece isso! Desci, comi alguma coisa e adormeci.

Na noite seguinte, foi um sonho com meu pai falando: "Perdoe-me, Jack! Perdoe-me, pois fui um covarde". Acordei assustado novamente, suando, coração batendo, boca seca, tremendo muito e com frio. Ao mesmo tempo em que escutava a voz do meu pai, eu procurava me acalmar, até porque eu estava sozinho no mar, a caminho da casa da minha irmã. Eu tinha que me controlar porque, senão, ficaria louco. Esqueci a voz e voltei a dormir. Não consegui pegar no sono rápido, pois sempre vinham pensamentos estranhos. Pensamentos que eu não conseguia saber como surgiam com clareza. Dormi com muita dificuldade. Já eram duas noites com sonhos e tremedeiras estranhas.

No terceiro dia de viagem parecia que as coisas iriam tudo bem. Como eu já tinha arrumado tudo, resolvi tirar uma soneca a tarde. Estava bem fresco o tempo e resolvi deitar no convés do veleiro. E assim eu fiz. Subi, peguei uns colchões da parte de dentro e arrumei uma confortável cama. Bebi um copo com água e adormeci tranquilamente. Eu acho que nunca dormi tão rápido na minha vida.

Acordei no meu sonho conversando com um homem diferente, um homem que eu nunca vi na vida. Alto, olhar profundo, semblante calmo. Ele acenava para mim ao longe, me chamando com as mãos. Ele estava longe, mas não sei por que eu conseguia entender o que ele falava para mim: "Vem comigo, vem comigo. Eu sei que você não gosta de mim, mas vem comigo que eu preciso lhe mostrar uma coisa".

Engraçado que eu não sentia medo de ir com ele, mas, ao mesmo tempo que ele me chamava, eu andava para trás. Ele andava para frente em minha direção e eu andava para trás. Era uma coisa muito estranha!

De repente, eu tomei um susto com o barulho do telefone via satélite tocando. Levantei e fui correndo atender na parte de baixo da cabine. Tinha certeza de que era Ana querendo falar alguma coisa sobre a nossa filha. Quando eu peguei o telefone Ana falou:

— Oi, amor, tudo bem aí?

— Sim, e aí, como anda tudo? Ana Beatriz já saiu do hospital?

— Não. Os médicos falaram que daqui uns dez dias ela deve sair. E a viagem, como está? Está tudo correndo bem?

— Sei lá! Estou tendo uns sonhos estranhos: já sonhei com meu pai, com a minha mãe e agora sonhei com um homem estranho querendo falar comigo. O engraçado é que eu o via me chamando, mexendo com as mãos e com a boca, mas, não conseguia chegar perto dele. Quando eu fui ver de perto quem ele era o telefone tocou e me acordou com o barulho. Muito estranho, Ana! Muito estranho! O que você acha? O que pode ser?

— Bom, Jack, eu não sei, mas eu desconfio de algo.

— Fala, Ana. Fala o que você acha.

— Pode ser Deus querendo mandar um recado para você. Desculpe, Jack, mas é isso que eu acho.

— Para com isso! Deixa de besteira! Eu não acredito nisso. Primeiro que Deus não existe. Segundo, que assombração também não existe. Isso tudo é um monte de besteira!

— Tudo bem, Jack, só o tempo vai nos dizer. Você não é obrigado a acreditar em mim. Volte logo, estamos com saudades. Fica com Deus! Esquece a última palavra. Fica bem! Até breve!

Aquela conversa com Ana me deixou muito preocupado. Eu tinha vários motivos para não acreditar em Deus durante a minha vida. Mas, tinha que concordar que tudo aquilo era muito estranho... Voltei aos meus afazeres diários. Já estava perto da divisa com a Argentina e, pelos meus cálculos, mais uns dois ou três dias eu chegaria lá. Tinha muita coisa para fazer até a minha chegada na ilha onde a minha irmã morava. E ainda tinha que jogar as cinzas da minha mãe no mar.

Chegou o final de mais um dia e eu me preparava para dormir. Sinceramente, eu nunca tive tanto medo de dormir como naquela noite. Fiquei pensando que se eu pegasse no sono novamente, seria atormentado pelos sonhos. Mas, eu não tinha escolha. Eu trabalhei o dia inteiro e estava cansado. Deitei-me e acordei bem no outro dia. Pensei comigo mesmo: "Engraçado, nessa noite eu não tive sonhos esquisitos. Que bom!". Respirei fundo e fui ao trabalho e às rotinas de sempre.

Coloquei as torradas para aquecer, peguei os ovos, coloquei na frigideira, e preparei com carinho e calma. Fui até a cafeteira, peguei uma bela xícara e comecei a degustar o meu café. Sentei no convés com o café nas mãos e comecei novamente a conversar com a urna onde estavam as cinzas de minha mãe.

– É, mãe! Está chegando a hora de jogar suas cinzas no mar. Tomara que goste de onde você estiver. Te amo, mãe!

Desci para colocar a xícara na pia da cozinha na parte de baixo do veleiro e retornei para pegar a urna. Quando cheguei no convés não conseguia achar a urna, fiquei muito preocupado. Na verdade, fiquei desesperado:

– Meu Deus! Onde está a urna? Onde, meu Deus?

Revirei o barco todo atrás dela. Infelizmente não encontrei. Fiquei me perguntando se tinha caído na água, se tinha batido um vento forte e jogado ela no mar. Comecei a chorar desesperadamente. Pensei em ligar para Ana, mas, ela, com certeza, não entenderia e acharia que eu tinha ficado louco ou que bebi algo diferente. De repente, percebi que tinha chamado o nome de Deus. O que estaria acontecendo comigo? Eu devia estar muito desesperado mesmo... E estava, realmente!

Caí novamente clamando por Deus e ao mesmo tempo pedindo perdão à minha mãe por não cumprir a promessa:

— Me perdoe, mãe! Me perdoe! Me perdoe por não ser o seu orgulho! Eu decepcionei você! Me perdoe!

Eu fiquei tão louco que fiz uma forca no alto do mastro do veleiro para me matar. Coloquei o laço no pescoço, fechei os olhos e pensei:

— Me perdoem: mãe, Ana, minha filha... eu sou um fraco! Me perdoem!

E pulei do mastro... Só que não sei o que aconteceu com a corda que arrebentou e eu caí sentado no convés do veleiro, sem saber o que fazer. Eu só chorava, chorava, chorava e pedia perdão.

De repente, eu escutei uma voz:

— Meu filho, estou aqui, olhe para mim, estou aqui! Você não me chamou? Estou aqui!

Tomei um susto enorme! Quase pulei no mar de tanto medo.

— Será que estou louco? Não consegui me matar e agora estou ouvindo vozes na minha cabeça?

— Não, meu filho, você não está ouvindo vozes! Sou eu! Você não me chamou? Eu sei que você não gosta de mim desde pequeno, mas eu estou aqui na sua frente. Pode falar o que quiser. Pode falar, estou ouvindo!

Pensei rapidamente: "Vou fazer um teste. E, se Ele for Deus mesmo, eu vou aproveitar para falar muita coisa que está engasgada desde criança".

— Você é Deus mesmo? — perguntei em tom rude.

— Sim.

— Tem certeza?

— Sim, pode falar.

— Tudo bem. Qual o meu nome todo?

— Jack Luiz Machado.

Tomei uma pequeno susto. Mas isso qualquer um poderia saber.

— Muito bem! Qual o nome da minha mãe?

— Tania.

— E minha mulher, qual o nome dela?

— É Ana.

— E do meu filho, qual o nome?

Ele deu uma pequena risada junto com um suspiro e respondeu:

— Você não tem filho, mas sim uma filha, e o nome dela é Ana Beatriz.

— Tudo bem. Está quase me convencendo. Qual o nome da minha irmã?

— Rebeca.

— E meus sobrinhos? Isso você não vai saber... tenho certeza.

— Será, Jack? Larissa e Yuri.

Não convencido, comecei a falar com ele com raiva. Queria, na verdade, era falar palavras grosseiras. Diretamente para ele que se dizia Deus.

— Você me fez sofrer desde pequeno. Com cinco anos meu pai foi embora de casa. Ele batia na minha mãe, era um alcoólatra.

— Sim, Jack, eu sei disso tudo. Eu fiz isso porque tinha um propósito na sua vida.

— Propósito? Me fazer sofrer? Este era o seu propósito comigo?

— Não, Jack. Afastar você dele para que os dois se tornassem pessoas melhores.

— Ele foi fraco para cuidar da nossa família.

— Não, Jack. Eu o afastei de vocês para ele trabalhar para mim em outras coisas. Você sabia que seu pai foi morar com seu tio?

— Sim, sei.

— Então, eu os coloquei na vida dele e ele conseguiu recuperar-se e tornar-se uma pessoa melhor.

— Ele se tornou uma pessoa melhor, mas deixou nossa mãe sozinha com a gente. Nós passamos fome, Deus! Nós passamos frio, Deus! Você sabe o que é isso?

— Sim, eu sei! Eu deixei meu Filho passar por isso também com a mãe dele, Maria. Fiz isso para a humanidade saber que eu não abandono ninguém no sofrimento que não possa aguentar. Eu amo todos os meus filhos, até os mais rebeldes.

Ele terminou a frase com um sorriso.

— Mas, Deus, a minha mãe catou latinha na rua, fez faxina, trabalhava tanto e com tantas dificuldades, que até ela passou a não acreditar em você!

— Eu sei, Jack. Mas, pense bem. As coisas eram apertadas para vocês, mas sempre aparecia uma alma caridosa na vida de vocês, não é mesmo? Pense com calma, Jack. Não é verdade isso que estou falando? Volte à sua lembrança de infância.

— Sim, vou voltar à minha lembrança. É isso que me faz ter mais mágoa de tudo, Deus! Eu acho que errei muito com você, Deus!

Prossegui:

— Meu Deus, eu preciso cumprir a promessa que fiz à minha mãe e sem a urna, ela não vai descansar! Nem eu! Eu tenho que cumprir a promessa. Me ajude, Deus! Ajude-me a achar a urna, que eu vou acreditar em você. Se você for Deus realmente a urna vai aparecer.

— Tudo bem! Mas antes, eu quero te mostrar uma coisa. Primeiro, quero que acredite em mim; segundo, quero que feche os olhos e relaxe. Vou lhe mostrar algo que só mostro para meus filhos mais queridos.

— Tudo bem! Vou dar essa chance a você.

— Feche os olhos, Jack. Feche bem os olhos.

Fechei os olhos e relaxei. Relaxado, acordei em um lugar lindo, cheio de flores! Uma calma pairou em mim, como nunca tinha sentido antes. Era uma paz absoluta. Senti o perfume das flores e, ao mesmo tempo, a brisa do mar. No meu interior eu me perguntava: Que lugar é esse? Que lindo lugar é esse que ao mesmo tempo eu sinto o perfume das flores e do mar? Assim que olhei para cima eu o vi! Aquela mesma pessoa: olhar firme, semblante calmo, com uma espiritualidade incrível!

— Caro Jack. — ele falou comigo. — Sou eu, Deus! Eu trouxe você aqui para mostrar o quanto você é querido por mim e pelas pessoas que estão esperando por você lá em baixo, na terra. Pessoas que amam você!

— Você está preparado, Jack?

— Sim.

— Então vamos! Pegue em minha mão.

Ele foi me levando por um caminho lindo, cheiroso, com um astral totalmente diferente.

Ele me pediu para sentar em frente a uma televisão, dessas parecidas com as da Terra.

— Sente-se, Jack. Vai começar a sua viagem.

Ele começou passando a imagem de minha mãe me ninando em seu colo e falando para mim ainda bebê.

— Meu filho, você vai ser meu orgulho!

Quando eu ouvi a minha mãe falar isso, comecei a chorar. Senti uma saudade enorme dela. E foi continuando a passar as imagens na tela. Eu vi meu pai chorando de felicidade com a minha chegada. Senti a sua emoção naquela hora. Vi também o senhor Alfredo dando o pequeno veleiro para a minha mãe, com todo carinho. Vi a minha mãe toda feliz agradecendo o presente e falando que eu ia adorar. Cada imagem que passava na tela me emocionava. Vi também o nascimento da minha irmã, senti a alegria dos meus pais com a vinda dela. Via toda luta da minha mãe para me educar e a minha irmã. Assistia nas imagens todas as brigas do meu pai com a minha mãe. Tive um pequeno momento de raiva ao ver meu pai bater na minha mãe quando eu era criança. Logo Deus me acalmou falando:

— Calma, Jack! Calma, Jack! Veja mais. Veja até o final!

— Tudo bem!

Vi o dia em que minha mãe não aceitou mais ser espancada e expulsou o meu pai de casa. Ele saiu desesperado, sem rumo, sem direção. Na hora, ele pensou nos meus tios e foi para a casa deles no mesmo dia. Perguntei para Deus:

— Por que o Senhor deu uma segunda chance para o meu pai?

Deus respondeu:

— Todos merecem uma segunda chance. Veja a tela, Jack.

Retornei para observar e vi que os meus tios repreenderam o meu pai por tudo o que fez, e neste dia ele mudara de vida. Na imagem da tela passou até o sofrimento da minha irmã quando os meus sobrinhos nasceram. Ela ficou muito triste sem a presença da nossa família por perto. Eu praticamente conseguia sentir tudo pela TV. Era como se Deus conseguisse sintonizar a dor das pessoas através da tela. Como doía em mim!

— Jack, eu consegui mostrar coisas importantes para você, coisas que você dava valor.

— Sim. Eu acho que conseguiu.

— Mas eu ainda estou muito preocupado com você, Jack.

— Com o quê? Pode falar. Meu Deus, ajude-me a encontrar a urna com as cinzas da minha mãe. Eu fiz uma promessa a ela antes de morrer, eu tenho que cumprir.

— Jack, preste atenção. Eu vou ajudar você, mas você tem que entender uma coisa antes. Eu quero mostrar alguém antes.

— Quem?

— Está preparado?

— Sim.

— Eu quero que alguém fale com você.

— Quem quer falar comigo?

— Sua mãe.

— Como assim, minha mãe?

— Sim, eu vou permitir que ela apareça para falar com você. Ela foi uma pessoa maravilhosa para mim! Então eu vou permitir isso. Venha, Tania, fale com seu filho agora!

— Oi, meu filho, tudo bem?

Quando a vi, fiquei sem voz. Quase desmaiei. Comecei a chorar... Fiquei muito emocionado.

— Mãe, é você mesma?

— Sim, Jack. Eu quero falar algumas coisas para você, mas quero que preste bastante atenção.

— Diga, mãe. Diga.

— Jack, eu quero relembrar as promessas que você fez para mim. Quero que preste atenção.

— Sim, fale.

— Lembra que eu pedi para você perdoar Deus?

— Sim, já está perdoado. Não tenho como não perdoar. Ele me presenteou com você e deixou-me falar com você nos meus sonhos.

— Sim, mas tem outras coisas.

— Diga, mãe.

— Você tem que perdoar o seu pai e as outras pessoas que estão perto de você.

— Mas, mãe, o meu pai foi péssimo com você! Como eu posso perdoá-lo sabendo que ele fez você sofrer?

— Jack, você tem que perdoar, porque se você nãos fizer isso eu não vou ter descanso aqui.

— Tudo bem, mãe. Eu o perdoo.

— Tem certeza, Jack?

— Sim, mãe. Eu posso perdoar o meu pai.

– Obrigada, Jack. Mas, e Deus? Você já o perdoou?

– Sim, mamãe! Deus fez várias coisas boas por mim e por minha família. Eu não entendia porque tinha muita mágoa no meu coração. Tudo que acontecia de errado eu o culpava. Mas eu estava errado.

– Tudo bem! Agora eu posso descansar aqui em paz.

Nesse momento, eu em prantos com Deus, fui tomado por uma emoção tão forte, que não aguentei. Chorei compulsivamente até não ter mais lágrimas. Deus com sua infinita bondade acariciou minha cabeça e falou com sua voz doce:

– Meu filho, Jack! Você e outras pessoas como você são muito importantes para mim. Eu fico muito triste quando acontece de alguém não gostar de mim. Eu, como Deus, poderia agir de outra forma, poderia evitar todos os males da humanidade. Mas, se fizesse isso, os seres humanos não aprenderiam a dar valor às coisas. Reveja a sua vida, Jack. Não acha que se eu tivesse feito de outro jeito com você, teria aprendido o que aprendeu? Eu poderia ter dado a você um pai melhor, mas será que você teria a mãe amorosa que teve? Será que teria se esforçado menos se tivesse facilitado mais a sua vida? Pense, Jack. Será?

– Com certeza, não, Deus! Eu tenho que agradecer por tudo o que fez na minha vida. Na verdade, eu não sei o que seria da humanidade sem você, meu Deus!

– Você entendeu agora, Jack, por que eu tinha que fazer isso tudo e trazer você aqui?

– Sim, eu entendo.

– Vamos voltar agora, Jack.

– Sim, Deus!

Em um piscar de olhos estava de volta no meu veleiro, com a urna com as cinzas da minha mãe nas mãos. Eu já estava me aproximando do cais da ilha que minha irmã morava. E, de longe, os via acenando para mim. Também via as crianças e meu cunhado me esperando. Fiquei muito feliz com isso. Ancorei o veleiro e fui correndo abraçá-los. Minha irmã viu a urna em minhas mãos e ficou um pouco triste, mas ao mesmo tempo contente em me ver. Deu-me um abraço muito carinhoso e eu peguei as crianças e dei vários beijos e abraços. Meu cunhado logo brincou comigo:

— É você que é o campeão de desafios?

Dei um leve sorriso e falei:

— Sim, graças a Deus!

Minha irmã logo percebeu que eu tinha feito as pazes com Deus e o mundo. Logo em seguida ela falou:

— Meu irmão, o que vamos fazer com as cinzas?

— Vamos jogar no mar. Eu guardei as cinzas para jogarmos no mar todos juntos.

— Tudo bem, Jack. Vamos fazer isso!

Já era tarde e o sol estava lindo a se pôr. Ficamos esperando ele descer mais um pouco até quase tocar na linha da água e começamos a jogar as cinzas no mar. Nesse momento, agradeci a Deus por tudo e por Ele me mostrar como seu amor é enorme. Jogamos as cinzas e fomos para a casa da minha irmã. Uma linda casa com grandes janelas para deixar o sol entrar.

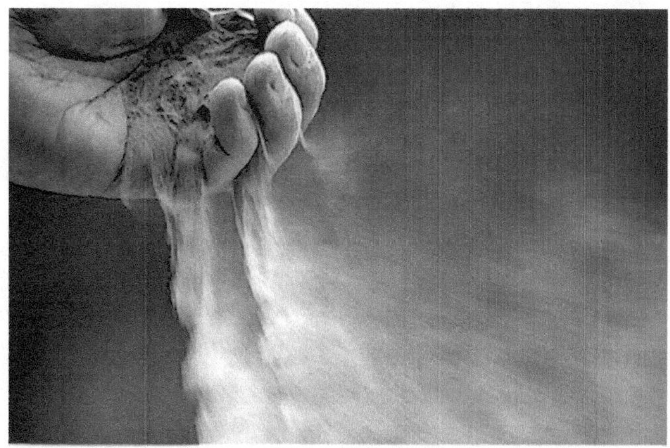

Assim que cheguei na sala, vi um homem de pé com lágrimas nos olhos, veio com cuidado me pedindo perdão, abracei-o e não o deixei falar mais nada.

— Não tenho nada que perdoar, papai. Eu te amo. Nos abraçamos longamente.

Minha irmã falou brincando:

— Parem com isso. Vocês têm muitos anos para conversar. Vamos jantar.

— Vamos, minha irmã, vamos!

Assim que entrei na porta da cozinha, encontrei Ana com Ana Beatriz me esperando. Tomei o maior susto!

— Ana, você por aqui? Mas, como pode ser? Como você chegou tão rápido? Como está nossa filha? Como você veio para cá? Como pode ser isso tudo? Que surpresa boa! Te amo.

— Foi a sua irmã que bolou tudo. Ela entrou em contato com o seu pai, conversou com ele e o fez vir até aqui, pois ela tinha certeza de que ele e você se entenderiam. O resto foi fácil! Ela me mandou as passagens de avião e eu vim com Ana Beatriz.

É! Realmente Deus é maravilhoso! Como eu pude ter perdido tanto tempo não gostando dele? Ainda bem que eu pude reescrever a minha própria história. Nós não podemos voltar para mudar o passado. Mas, conseguimos mudar o futuro.

FIM

SINOPSE DO SEGUNDO LIVRO DO AUTOR

Da simplicidade das linhas ao mistério da mente humana. Quando olhamos as pessoas com os olhos do coração conseguimos enxergar sempre muito além do que imaginamos...

Na velha fazenda Rancho Doce predominavam duas mentes intrigantes. Uma pessoa extremamente arrogante, antipática e que tinha por costume humilhar as pessoas. A outra tinha uma mente totalmente diferente, amorosa, amável e carinhosa.

Qual das duas vai prevalecer entre os laços? Muito em breve você, caro leitor, vai descobrir.